愛と髑髏と

角川文庫
22077

目次

愛の神、腰かけたるよ、
「人類」の、髑髏（どくろ）の上に、
冒瀆（ぼうとく）の、こ奴は笑う、
恥もなく、これな玉座に、

ボオドレエル詩集より

凪

庭は、寝がえりをうって、背をむけた。

雑草が盛りあがり、青白い触手のような根がはびこりうごめく土の裏を、恥じらいもなく見せた。

庭にまで馬鹿にされるのは、いい気分ではない。

兄に対しては従順で、市民的な庭の顔をしているくせに、わたしには野性の牙(きば)をむきだす。

時には、二階の窓までとびあがってきそうな気配を示す。わたしを威嚇しているつもりなのだ。

家長である兄があの女に二階の一室を貸したのは去年の夏で、女は、メスや鋏(はさみ)やピンセット、鑢(やすり)、錐(きり)、石膏(せっこう)末、硼酸(ほうさん)末、明礬(みょうばん)末、亜砒酸(あひさん)末、フォルマリン、そうして、大小さまざまのガラスの義眼といっしょに引越してきた。

ほどなく、小型のライトバンが、女のところに梱包(こんぽう)されたものをひんぱんにはこんでくるようになった。

火蛇が草むらを走る炎暑、発泡スチロールの函にはドライアイスと籾殻がぎっしりつめられ、女の指はそれらをかきわけた。

白いやわらかい紙に包まれたものが、一つ一つとりだされ、はなびらを剥くように、女の指は紙を剥く。

床に、朱、紅、灰青、乳白、苔緑、鳥たちの冷やかな色彩があふれた。かすかな腐臭とフォルマリン臭が、女の部屋から、たいして広くもない家いっぱいにひろがり流れた。

鳥たちの胸毛には、にじんだ血が鉄錆のようにこびりついていた。濡れた綿を女の指がその上におくと、血の鱗は綿の方に溶け移り、胸毛は清浄になるのだった。

つづく儀式は、わたしの目を奪った。

女の手が握ったメスは、水のようにやわらかく鳥の胸にふれたと思うと、一直線に腹まで切り裂いた。指は皮を強引に押しひろげ、細い鉄琴のような骨を包んだ桃色の肉があらわれる。鋏が甲高い凱歌をあげて、首の骨、食道、気管、翼の付根、と切り離してゆく。

やがて、女の指は、鳥のなかみを、くるりと引き抜いてしまうのだ。

更にピンセットをつっこむと、容赦なく、頭骨のなかみを掻きだした。

豪奢(ごうしゃ)な羽毛の飾りをつけた、脱ぎ捨てられた虚(うつ)ろな皮と、ビニールの袋に投げ入れられた肉や内臓や脳と、どちらが、鳥なのだろう。わたしは訝(いぶか)った。

ビニール袋の内容物を、女は庭に捨てた。兄は、困ると抗議したらしい。二人で庭に立ち、兄が捨てられた鳥の内側を指さして何か言い、女が応(こた)えているのを、わたしは目にした。女の声だけが、二階にいるわたしの耳にまでとどいた。

庭が肥えますよ、と、女は言っているのだった。女が庭を手なずけたのは、意識してのことだったのだろうか。それとも、結果としてそうなったということか。

やがて、女に貸した部屋は、小さい森のように、木綿のつめものをして形をととのえ直され、ガラスの義眼を嵌(は)めこまれた鳥の外側たちの棲家(すみか)になった。

カモだのシギだのヤマセミだのと、名札が肢(あし)にくくりつけられた。

小型のライトバンが来ては、新しい函とひきかえに、つめものの鳥たちをはこび去るのだった。

一つの函に立派な雉子(きじ)が一羽だけ入っていることもあった。

女が留守のとき、わたしは、女の部屋に入りこみ、鳥たちとあそんだ。

外側だけになってしまった鳥たちに、わたしは、わたしの魂を少しずつわけてやるようになった。

わたしは、同時に、十羽二十羽の鳥になった。ツグミであり、ヒヨドリであり、バンであり、雉子になった。

　庭がわたしに敵意をみせはじめたのは、そのころからだ。

　二階の窓から見下ろすと、鳥の内側をもらって肥えふとった庭は、わたしにしかめつらをしてみせた。

　わたしは、庭を相手に諍う気はなかった。

　何十羽もの鳥になりながら、わたしは階段の気配に耳をすませ、女や兄の足音がきこえれば、魂をひとつにあつめて、十一歳の女の子にもどらなくてはならなかったからだ。

　二月、兄と女は、結婚した。

　庭は兄を敬愛しているらしく、少しも悪さはしなかった。わずかばかり降ったみすぼらしい雪を穴だらけの布のようにひろげて、それでもせいいっぱい祝意をみせたつもりらしかった。兄は固い銀行員で、庭は、そういう人種が好きなのかもしれなかった。

　三月、わたしは庭にはびこった蔓草に足をとられてころび、首の骨を折ったのだけれど、その前から、女は仕事につかう亜砒酸を少しずつわたしにも与えていたようで、べつに、どちらを責めるつもりも、わたしにはない。薬はつかうためにあるのだし、持っていればつかってみたくなるものだ。そうして、ひ弱なものは、いたぶって一番たのしいものなのだ。

しかし、庭は、時をあやまった。そのとき、庭を歩いていたのは、わたしの皮と肉と骨ばかりであった。

わたしは、あるひそやかな予感にみちびかれ、わたしの魂を鳥たちにわけ与えた後、いつもならまた集めもどすのだけれど、このときは窓を開け放し、わたしの魂の小片を抱いた鳥たちが空にとび立つのにまかせたのであった。翼の雲はきらめくアラベスクの跡を描いて、消えた。

雉子の尾羽が一枚、ぬけ落ちて床に残った。その緑金の羽にもわたしがいると知ってか知らずか、階段をのぼってきた女は、すいとのびた尾羽を、壁と柱のすき間につき刺した。

庭は知っている。だから、ときどき、とびあがる気配をみせて、埃(ほこり)にまみれたわたしをおどし、ちらりと足をあげて、埋められたわたしの骸(むくろ)をみせつけて嗤(わら)う。しかし、庭は、わたしの魂が空の高みにあることを知らず、窓から吹き入る微風と尾羽のかわす快い交感に苛立(いらだ)って、じだんだをふみ、蕁麻(いらくさ)の髯(ひげ)をもつれさせるのだ。

悦楽園

私は、檻のなかでめざめた。

鉄の桟の外を、樹や家が流れ動いていた。

動いているのは、私の方であった。正確に言えば、私を入れた檻が動いているのであり、更に推察すれば、檻をのせた車が動いているらしい。

ひどく揺れるから、舗装してない道を走っているのだろう。おそらく、車種は無蓋のトラックである。

檻は、桟をはめた前面以外は板でかこまれているので、私の目にうつるものはかぎられている。

檻のなかは、異臭がみちていた。嗅いだおぼえのあるにおいであった。

私は記憶をたどり、そのにおいが、子供のころ動物園で嗅いだものであることを思い出した。

白熊とかライオンをおさめた野外の檻ではなく、園内の薄暗い建物に入ったとき、そのにおいを嗅いだのだった。

建物の外側は城に似ていた。それも、ベニヤ板で作ったような安っぽい城で、ピンクや黄に塗られてあった。

外壁はけばけばしいが、中に入ると、湿っぽい洞窟のような通路がのびているのだった。

通路の両側に房が並び、なかに黒いものがうずくまっていたり空だったりした。うずくまったものは、毛が抜け、泥がこびりついたような地肌はひび割れていた。敷藁は汚物で濡れ、むれた臭いを放ち、通路も糞で汚れていた。私の靴は糞を踏みつけ、しばしば滑った。

まだらに毛が抜けたものを、私は嫌悪し、怯え、そうして軽蔑しながら歩いた。

一人ではなかったはずだ。誰か保護してくれるものの手を握りしめていた。

通路はまっすぐのびているようで、実は彎曲し、奥へ奥へと歩いているつもりが、いつか入口に戻ってきて、まぶしい白昼の光のなかに放り出される。ふりかえると、ピンクのベニヤ板の城が子供たちを誘い入れるようにそびえ、入口から病んだけものの体臭とむれた藁のにおいがひそかに漂い出ていた。

同じにおいを、今、私は檻のなかに嗅ぐ。

床には汚れた藁が敷いてあった。

私は、空腹だった。

藁の一本を抜いて口にいれたが、とたんにむかついて、口をすぼめて吐き出した。

腕時計を見た。五時七分を針はさしていた。午前五時七分なのか。午後五時七分なのか。太陽の位置はみえないが、早暁でも夕闇でもない、白昼の気配であった。

空腹を訴えたいと思った。しかし、檻に入れられたものが人語を口にしていいのかどうかわからなかった。

私は空腹のあまり卑屈になっていた。些細なことで礼儀知らずと思われ、得られるべき食事を与えられないようなことになっては大変なので、声をたてるのをためらった。

檻は、中腰になると頭と天井のあいだにわずかにすき間ができるほどの高さ、そうして手足をちぢめて横たわるといくらか周囲にゆとりがある広さである。

再び時計を見た。三分しかたっていなかった。午前五時十分ということはあるまい。どれほど夜明けの早い季節でも、早暁五時に、陽の光がこれほどけだるく白濁しているはずはない。目の前を流れる樹々も、屋根も、一日の疲れをうっすらとかぶって、たるみ皺ができている。明けがたからこのように疲れきっていたら、陽の落ちるころはもう衰死してしまうほかはない。

私も、疲れている。疲労が血管によどみ、血の流れをとどこおらせ、ただ空腹感ばかりがきわだっている。

のどもかわいている。

私は、長時間檻に閉じこめられ、どこかに運ばれてゆく途中らしい。それなら、食物とはいわないまでも、せめて飲みものぐらい、いつでも飲めるように与えておいてくれるべきではないか。

排泄したくなったらどうしようと、私は不安をおぼえた。そう思っただけで、尿道に刺激を感じ、それは急速に強まった。

外にむけていた目を、私は自分の躯にむけた。

両手を目の前にかざした。それから、足を見た。灰青色のジーンズ。足は裸足。それらは、何ごとも私に語ってくれない。

私は、自分の顔を見ることができない。

これは、実に不合理きわまりないことだ。

自分の顔さえ見ることができないで、私の目は、いったい何のために存在しているのだ。

私は自分の顔を思い浮かべようとしたが、形にならなかった。

必死に思い描いた。何かぶよぶよしたものを凝縮させ、すると、濃い凜々しい眉とくっきりした双眸、鋭い鼻梁、申し分なく美しい精悍な青年の顔になった。

そのとき、車輪がくぼみに陥ちこんだのか、檻が斜めに大きくかしぎ、私は傾斜した床を滑り転げ、鉄の桟に顔面を打ちつけた。

悲鳴がきこえた。

私が発したものではなかった。この程度の痛みで音をあげるなど、他愛がなさすぎるというものだ。

唇が濡れた。手でこすると、血がついていた。鼻血が流れ出している。私は舌をのばして舐め、うずくまって痛みをこらえた。

悲鳴をあげたのは誰だろう。

人間というよりは、犬が肢を踏みつけられたときにあげる鳴き声に似ていると思った。

笑い声が檻の外でした。

これは明らかに、人間の、しかも女の声であった。

檻の前がかげり、若い女がかがみこんでのぞいた。逆光になり目鼻だちは明瞭ではないが、女というよりは、少女である。

檻の前に鏡をたてられ、自分の顔を見たような錯覚を一瞬持った。

さきほど浮かんだ美青年の顔が、私なのかどうか、確信がもてない。

車の震動にあわせて、少女はたくみに軀の均衡をとりながら、私を眺めている。

空腹だ、のどがかわいた、と訴えようとしたが、私は少女に弱音を吐くことを恥じ、黙っていた。

だが、排泄の必要度は、空腹と渇きを上まわり、急を要した。これはいっそう、少女に訴えるのをためらわざるを得ない。

屈辱と苛立ちが、腹のなかでたぎりはじめた。

「便所に行かせてほしい」と、私はついにたまりかねて頼んだ。

桟のあいだから、少女は手をさし入れた。

私が顔を寄せると、鼻梁を思いきり強く少女は叩いた。とまりかけていた鼻血が、また流れだした。

「便所に」と、くいしばった歯のあいだから、私は言った。恥ずかしいことがあるものか。この小娘にしたところが、日に何回かスカートをまくり白い臀を外気にさらすのだ。

「食事がすむまで待ちなさい。トイレは一日に二度と決まっているでしょう」

「食事はいつだ」私は、精悍な美青年にふさわしい声で言ったが、内容はいっこうに、ふさわしくない会話である。

「まだお昼じゃないの。夕方まで待ちなさい」

「昼飯は食っていない」

「あたりまえよ。仔犬じゃあるまいし。もう、一日一食でもいいのだけれど」

私は腕時計を少女の鼻先に突きつけ（たいと思ったのだが桟にさえぎられ）、夕食を出してくれてもいい時刻だと言った。

「まだ二時にもならないわ」と、少女は嗤った。

私はうなだれて、時計の針を二時にもどした。

「夕飯は何時だ」

「六時か七時。今日は、七時を過ぎるかもしれない。おとなしく待たなくてはだめよ」

「ちょっと車をとめて、小便だけでもさせてくれよ」

「みっともない」と娘は嫌悪と軽蔑の表情をあらわにした。

「がまんしなさい」

娘は、もう一度私の鼻を叩いた。私はその手をつかんで嚙んだ。

娘は叫び声をあげ、あいている方の手で私の鼻をつづけざまにひっぱたき、私が涙と鼻血にまみれて口をあけると、逃げた。

もう限度にきていたので、私はそのまま緊張をゆるめ、なま暖かい液体が流れ出るにまかせた。何ともいえぬ解放感に、倖せめいた気分にすらなった。

しかし、そのあと、濡れたジーンズが内股にはりつく不快さをこらえなくてはならなかった。

のどの涸きがいっそう耐えがたくなった。軀から失われた水分を、もったいなく思った。床を濡らした水は、車の動きにつれて右に左に流れ、領域を拡張した。私は濡れていない場所を求めて、隅っこに軀をちぢこめた。

娘は一度のぞきにきて、それは冷淡な軽蔑の眼で見下ろした。

車がようやくとまったのは、陽が落ちかけたころであった。

そのとき私は気づいたのだが、車は一台ではなく、私の檻をのせたトラックのほかに、トレイラーが一台同行していた。

トレイラーから男たちが下りてきた。

男たちはトラックの荷台によじのぼり、側板を下げ、地面に斜めに板をわたし、数人がかりで私ごと檻を板にのせ、滑らせて落とした。小さい車のついた台の上に檻はのり、そのまま空地にはこばれ、台からまた下ろされた。

まだ乾ききらないジーンズの不快さをこらえながら桟のすきまからのぞいていると、同じようにして幾つもの檻がトラックからはこび下ろされた。

檻は大小さまざまであり、数も三つや四つではないのだが、私の限られた視界には、ごくわずかのものしかうつらない。

私の檻とむかいあわせに置かれた檻には、犬とも狼ともつかぬものが一頭入れられていた。

黄昏(たそがれ)は、ゆらめく水をとおして見るように、ものの文色(あいろ)をゆがませる。

檻の隅に傷ついた軀をいたわるようなかっこうでうずくまったそれの輪郭は明瞭でなかったが、私が先ほど眼裏に我が顔として視(み)た精悍な美青年が獣のかたちをとったら、このようにしかなり得ないだろうと思われる尖鋭(せんえい)な顔つきをしていた。銀灰色の粗剛な体毛がしなやかな胴をおおい、胸のあたりの毛は繊細に長く、尾はことにみごとである。

正確な呼び名を知らぬままに、私は彼に〝犬狼〟の名を冠した。

このように高貴で眼に快いものの檻とむかいあわせに置かれたことは、私にとって幸運といえた。醜悪な、あるいは卑猥(ひわい)な獣と鼻つきあわせる羽目になっても、不満はいえない立場であったのだ。

眼があうと、それは低い声でうなったが、すぐに私を無視した。

私を運んできた一団は、どうやらここに宿営するつもりらしく、トレイラーの方から煮炊きのにおいが流れはじめた。黄昏にふさわしいにおいであった。ちぎり蒟蒻(こんにゃく)と豚のコマ切れを油で炒(いた)め甘辛く煮つけるにおいだと私は思った。

私を撲(う)った娘がトレイラーから出てきて、檻のなかのものたちに食物を配りはじめた。

それは実にまだるっこしいやりかたであった。二つの器を一つずつ両手に持ち、一つの檻にそれを入れると、トレイラーにとってかえし、また、二つの器を持ってくる。台車に全部をのせて配って歩けばいいのにと私は苛立たしく思ったが、娘は軽快な足どりで往復作業をくりかえしている。

やがて、娘は私の檻の前に立ち、器を檻の上に置き、扉の掛金をはずした。側板の一部が蝶番で開閉する扉になっているのだった。

扉が開いたので、外に出ようとすると、力いっぱい鼻面を叩かれた。青いプラスチックの器を二つ檻の中に入れ、娘は手早く掛金をかけた。

「ここで食べるのか」と私はどなろうとしたが、のどの渇きのため、うまく声が出なかった。

一つの器には水、もう一つには赤茶けた豆のようなものが入っていた。

のどの渇きも空腹も、ともに耐えがたいほどになっていたので、私はどちらの器から先に口をつけようかとまごついた。

まず水を飲み――この器は、手に持って飲むのに適していなかった。床においたとき安定をよくするためか、底の方がひろがり上がすぼまった形なので、両手で捧げ持ち口にあてて傾けると、器が逆さになるほどにしなくては中みが流れてこない。しかも、そこまで傾けると、水は口に入る前に顔面上にぶちまけられることになる。一滴たりと無駄にはできない。苦労したあげく、この器は床に置き、こちらがかがみこんで顔の方を近づけなくてはだめなのだと悟った。

食物は、木屑を固めたように、硬くて乾いていた。礫岩の粒を噛むのに似ていた。味も砂に似ていた。

私の檻の前から去った娘は、再び器をはこんできて、犬狼の檻に入れた。器を床に置いた手で、犬狼の耳のうしろを愛撫した。犬狼はうるさそうに顔をそむけた。

私はこのとき、ようやく、獣と同じものを食わせるのかと腹がたってきた。しかし、娘の平手の一撃を思うと、身がすくんで抗議する勇気が失せた。何しろ私は、ジーンズを濡らすという醜態を演じてしまっているのだ。

濡れたジーンズは、私の尊厳を損なうことははなはだしかった。何を言おうと、何をしようと、濡れたジーンズはそのいっさいを惨めに滑稽にしてしまうばかりだ。

私は、黙って、食べた。最初はがつがつと手でつかんで口いっぱいほおばったのだが、この硬く乾いたものは、歯を自在に動かす余地がなくてはとても噛み砕けないとわかり、一粒ずつ、栗鼠が木の実を齧るように前歯で齧った。幸い、私の歯は酷使に耐えてくれた。

少し時間をおいて、男たちが檻の扉を一つ一つ開け、なかの生きものを外に出した。

獣たちは、のそのそと、思い思いの場所に行き放尿し脱糞した。

　私の檻の戸も開けられた。私は檻の外に立ち、両腕を高々とあげ、のびをした。

　近くにいた男に、便所はどこかと訊いた。男は呆れたように私を見、右手を振りあげた。反射的に私は這いつくばり、鼻を両手のひらでかばった。男はトレイラーの方に行ってしまった。

　私の脚を何かがさわった。犬狼が横を通り過ぎてゆくところであった。私はかがみこんで犬狼の肩をたたき、かたわらに坐らせようとした。犬狼は低くうなり、牙をみせ、私はあわてて手をひっこめた。

「私は、刑を受けているのだ」と、私は犬狼に話しかけた。自分の立場を説明しておきたかった。

「しかし、この刑は、恥ずべきものではないのだ。恥ずべきは、私に刑を宣告したものたちだ。彼らは、おのれが何をしているか知らないのだ」

　犬狼は歩みをとめているので、私は力を得てつづけた。

「私はたしかに殺人をおかした。だが、私はそれが人類にとって必要なことと確信したから行なったのだ。人々の倖せは私の犠牲の上に成り立つのだ」

　ふいに、私は鼻を力まかせに叩かれた。

　男が嘲笑いながら立っていた。その男はたくましい長身で、刺繍をほどこした青いサテンのジャンパーをひっかけていた。

「でたらめもたいがいにしろ」

「宝塚の男役きどりよ、そいつ」傍にきていた娘が、げらげら笑って言った。「変にきどった声を出してさ」

もう、すんだんだね、明日の朝まで出してやらないからね、と娘は言い、私の濡れたジーンズに目をやって、「まるでこらえ性がないんだから」と毒づいた。

檻にもどされ、掛金をかけられ、私はうずくまった。軀を横にむけ脚を腹にひきつけるようにちぢめ、腕のあいだに鼻をかくし、眼を閉じた。無意識に、そんな姿勢をとっていた。

こんな窮屈な姿勢で睡れるものかと思っているうちに、私は、いつか、掘割り沿いの道を歩いている。

軀は解き放たれている。しかし、まるでがんじがらめに縛り上げられたような苦しさを、私は夢のなかでも感じている。

女の姿をしている、ということがわかる。

私は、スカートをはき、片手に買物籠をさげ、せかせかと歩いている。

早く、早く、と追いたてる声がする。まにあわない、まにあわない、ともきこえる。

声は、心のなかできこえる。

　さしせまった用は何もないのに、ただ、苛立っている。何もしないままに、時間が過ぎ去ってゆく。ああ、いやだ、いやだ、という声が胸のなかにたまっている。何がいやなのか、形にはならない。

　女は立ち止まり、掘割りをのぞく。水面はねっとりと暗く、水銀のはがれた古い鏡のようだ。何も映さない。女の顔も、映っていない。

　女は身をのりだし、水面を見さだめようとする。とたんに、足が宙に浮き、水にむかって墜ちる。墜ちる恐怖は長く尾をひき、いつまでたっても水面に達しない。

＊

「鏡を見せてください」と、私は、おずおずと娘に言った。用心深く、娘の右手が振り上げられたら素早く鼻をかくせるように身がまえながら。

　昨夜の夢を思い出していた。

　自分の顔の記憶に自信をもてない歯がゆさが、あのような夢を見させたのだろうか。

　娘は、笑いもせず、私を打とうとした。顔を伏せ鼻をかくすと、髪をつかんでぐいと仰向かせ、打った。

食事のあと、檻から出されたときであった。

腹はみち足り、放尿もすませ、かなり快い気分でいるときだったので、私は娘の理不尽な仕打ちに、陽気な行動で応じることができた。

即ち、威嚇の声をあげ、とびかかるそぶりをみせたのである。

もちろん、冗談である。というより、本心に冗談の衣をかぶせたのである。本当に襲うつもりはなかった。いや、心ならずも、襲うことはできなかった。屈強な男たちが、周囲にいた。

しかし、娘は、私の行動を重大にとった。

甲高い悲鳴をあげ、その声をきいたら、誰だって、私が娘を咬み裂いたと思うほどだ。

男たちが駆け寄ってきて、私をめった打ちにした。

柔らかい腹を蹴り上げられ、せっかく胃におさめた朝食が、虚しく食道を逆流した。

私は地面に倒れ、横目で、地上に流れたものを眺めた。さぞ、恨みがましい目つきをしていたにちがいない。

「腹を蹴るなよ。死なれると厄介だ」

「臀は、いくらぶんなぐっても効きめがない。鼻が一番いい」

「手加減するな。一発で思いきり強くきめろ」

「ガァンとやるんだ。ガァンと」

「咬み癖があるとはな。外に出すときは口輪をはめるか」

「スパイクのついたやつがいい。口を開こうとすると棘が舌にくいこむ」

私はじっと横たわっていた。眼を閉じた。気が遠くなりそうで、失神してしまえば苦痛から逃れられると期待したが、痛覚だけはいっこう鈍くならず、激しさを増した。私は眼を閉じたままうめいた。うめき声をあげると、痛みがいくらかまぎれるように感じられた。

すると、吠えるな、と、また男が打った。

「吠え癖をつけるな。吠えたら、すかさず打て」指図するやつは、どの男だ。

呻き声をもらさないように歯を嚙みしめると、呻きと痛みは軀の中でふくれあがった。

私は再び檻に放りこまれ、掛金がかけられた。

肋骨が折れたのではないかと心配になった。医者をよんでくれなどと言ったら、またどのような目にあわされるかわかったものではない。

軀を動かすと、折れた骨の先端が肺や内臓に突き刺さりそうな気がして、ただ、うずくまっていた。

自由時間が終わったのか、けものたちは、次々に檻に入れられていく。私の前の檻にも、例の犬狼が追い立てられて入った。

何と精悍な目をしているのだろうと、私は惚れ惚れと眺めた。

この一団は、移動動物園とでもいったものなのだろうか。動物の種類はそう多くはない。ほとんどが、犬かそれに似たもので、猿のようなものも少しいる。サーカスかとも思ったが、別に芸をするわけではない。一日じゅう檻に入れられている。眠るよりほかにすることはない。ときどき、見物人らしい人影が檻の前に立つ。私の前は、ほとんど素通りしてゆく。犬狼は、しばしば感嘆の声をもって眺められる。

見られるのが私たちの役目なら、せめて、もう少し注視されたい、などと私は思う。身づくろいをしたいのだが、ああ、鏡がない。腕時計もこわれてしまった。

犬狼の前に見物人が立つと、私は嫉妬の念に胸を灼かれる。そうかといって、見物が私に目をとめたところで、かくべつ嬉しいわけでも誇らしいわけでもない。

私は、私と彼のあいだに立つものをすべて排除したいのである。

毎日が、何の変化もなく過ぎてゆく。朝夕二回の食事、そのあとの排泄。することといったら、それだけである。

私は、食事のあと檻から出されるわずかな時間に、彼と親しみを増そうとつとめた。

しかし、彼が私にどのような感情を抱いているのかわからない。積極的に意思表示して冷やかに拒絶されることを私はおそれた。

何といっても、彼と私は種族がちがうのだ。私には彼がわからない。もっとも、同種族だからといって十分に理解できるわけではないのだ。私は周囲の同種族のものたちが何を考えているのかさっぱりわからないし、第一、自分自身が何なのか、まるでわからない。

わかっていることはただ一つ、彼が美しく、この上なく魅力があるということだけだ。

彼の体毛につつまれた優雅な肢にくらべたら、私の手の何とぶざまなことだろう。

私は、外に出されたとき、立つのをやめて、彼と顔の位置が同じになるように、這うことにした。彼に傲慢だと感じられたくなかったのだ。私たちに餌を与え、打ちのめすものらと同種族だということで、彼にうとまれたくないとも思った。

しかし、彼の種族の美の基準にてらしたら、私はまったく醜いにちがいない。彼の顔は前面に長くのびているのに、私の顔は——手で触れただけでもわかる——平板だ。第一、頭にしか長い毛がない。彼の体毛は、実際、みごとである。毛のない私の四肢の皮膚は、蛙の腹のようだ。

彼は、めったに打たれることはない。娘が彼を気にいっているらしく、特別扱いするのである。しかし、彼の方ではまるで娘を無視している。娘とかぎらず、誰をも無視している。ほかのけものどもは、餌を与える相手に媚びてじゃれついてみせたりするのだが、彼は毅然としている。毅然とした犬などというものは、実際はこっけいなのかもしれない。どれほど毅然としてみせたところで、飼われていることにかわりはないのだから。

こっけいでも、かまいはしない。私は彼にならって誇らかな態度をとるように心がけている。

——あのひとも、毅然としていた。淋しくこっけいなほど……。

とそういう思いが浮かび、私は驚いた。あのひとというのは誰のことなのだろう。

私は、便所を使用できないことを恥ずかしいとは思わなくなった。彼の種族にとっては、そんなことは、少しも恥ずかしくはないのだ。

私の目にはもう、彼と、彼を中心にその周囲のごくわずかのものしか見えない。

この一団がどういう性格のものなのか、移動動物園なのか、それとも、移動動物販売所なのか、私にとってはどうでもいいことだ。

販売所であるとしたら、彼が売られる可能性があるので、それだけが気がかりだ。

天候がくずれはじめた。空が鉛色に皺ばみ、翌日から雨になった。

空地のくぼみに雨水が溜まり、波紋をひろげ、雨粒をはねかえした。

雨であろうと、排泄のために、私たちは日に二度檻の外に追い出された。

私は、しじゅう胸部に鈍い痛みを感じている。折檻されたとき、折れないまでも、肋骨のどれかにひびぐらいは入ったにちがいない。しかし、その鈍い痛みに、私はいつかなじむようになっていた。

傷の痛みも恥辱も、すべて含めて、今の境遇になじみはじめていた。私の目の前には、常に彼がいるのである。

しかし、私は、私の思慕を彼に伝えるすべを持たない。犬とも狼ともつかないものであろうと、それが他者に特定の愛情を持つということはあるだろう。その相手が、なぜ私であってはならないのか。

雨の降りしきるなかを檻の外にひき出され、彼のみごとな体毛は濡れそぼった。私は膝と手を地につき、彼のかたわらに寄り、泥の飛沫で汚れた彼の体毛を舐めた。彼も私の顔を舐めたが、それは彼らの種族の単なる習性にすぎず、愛情の表現とは思えなかった。

私が舌で彼の毛並みをととのえるはしから、雨がだいなしにした。

雨は降りつづいた。見物人は一人もあらわれず、トレイラーの男たちや娘は、いっそう邪慳になった。

そういえば、私は、財布というものを持たされていない。所持金が一銭もないというのは、考えてみると不安なものだ。

金があれば、私は脱走を計画することもできるではないか。けものたちをけしかけてトレイラーのなかには、携帯金庫ぐらいあるにちがいない。トレイラーを襲い、金を奪って逃げることは不可能だろうか。だが、私は、私の意思を獣たちに伝達することができない。激しい恋情を目の前の男に伝えることすらできないでいる。

ある日——まだ雨は止まない——彼は檻から出るのをしぶった。私は先に外に出されていた。

彼は風邪でもひいたにちがいない。眼がうるみ、鼻づらがひび割れている。本能的に、病んだ軀をいたわって、雨に濡れることを拒んでいるのに、娘は彼の首をつかみ、ひきずり出そうとする。青いジャンパーを着た男が娘に傘をさしかけている。

男は娘に傘を渡し、かわって彼の首をつかんだ。彼は前肢をふんばって逆らう。男は彼の耳をつかんでねじ上げ、鼻を打とうとした。彼はすかさず身をよじってよけ、牙をむき出した。しかし、耳をつかまれているので自由がきかない。娘は傘をすぼめ、それを男に手渡した。みるみるうちに娘の髪は雫を垂らし頭にはりつく。

男が傘の尖った先端で彼を突こうとしたとき、私は男に体当たりした。

男はよろめいて娘に突きあたり、二人でもつれあって地面にころげた。泥まみれになった男は素早く起き上がり、傘で私を打った。鉄棒のような一撃であった。倒れた私を娘の靴が蹴った。

私は打たれ、蹴られ、その視野に、時折、檻の中の彼の姿がうつった。

これは、あなたへの捧げものなのです。打たれながら、思った。あなたのために何もできない私は、せめて、私の苦痛、私の傷をあなたに捧げているのです。

彼の眼には、どんな感情も浮かんでいなかった。澄んだきれいな眼だが、痴呆のように表情が無かった。

私が檻に放りこまれてからも、その無表情さはかわらなかった。彼はうずくまり、前肢の毛を舐めそろえている。私が喘ぐと、関心のない眼をちらりとむけるだけである。

これが、彼の種族なのだ、と私は受容する。犠牲とか、感謝とか、そんなものは彼の種族には無縁なのだ。そういう彼を、私は愛しているのだと思いながら、失神とも睡りともつかぬ昏迷にひきこまれてゆく。

*

掘割りに沿った道路の片側にロープがはられ、ショベル・カーが路面を掘りかえしている。

片手に傘をさし、片手に買物籠（かご）をさげて、わたしは眺めている。

ロープの内側に、半裸の男が鶴嘴（つるはし）をふるっている。

工事がはじまってから、これで何日になるだろう。買物の途中、わたしは毎日、ここで足をとめる。

褐色の肌が緊張し、筋肉にそった深いくぼみを、汗と雨がいっしょに流れる。作業ズボンは、第二の皮膚のように臀（しり）の形をあらわにしている。青銅のがっしりしたバックルをつけた革ベルト。

はじめのころ、この男は、よれた布紐（ぬのひも）をベルトのかわりに締めていた。

工事がはじまった最初のうちは、日照りがつづいていた。わたしは、売店で冷えた缶ビールを買い、籠のなかにいれていた。汗まみれのこの男に手渡し、この男がのどをそらせて飲むところを見たかった。ただ、それだけのために缶ビールを買った。しかし、渡す決心がつかず、わたしの台所の冷蔵庫にしまわれた。冷蔵庫の中の缶ビールは、日毎に数をふやした。

ある日、彼と目があった。彼は腕で額の汗をしごき落とし、暑いね、奥さん、と笑顔をみせた。あら、ちょうど冷たいのがあるのよ。わたしは、うまくきっかけをつかんだ。

やあ、すみませんね。悪いな。こいつはありがたいな。

彼は、わたしの下心など何も気づかず、無邪気に喜んで、飲んだ。仰向いたのどが動いた。わたしは、わたしの魂が彼のなかにのみこまれてゆくような感じがした。

ベルトを贈ったのは、よくなかった。彼に、わたしの心をのぞかせてしまったようだ。

それ、切れそうね、と、わたしは彼が腰に締めたよれた布紐のことを言った。息子のお古だけど、これ、使いません？

お古ではなかった。彼のために選んで買った新しいベルトであった。カウボーイが使うような頑丈なもので、バックルは、わたしが以前彫金で作ったものと、店でつけかえてもらっておいた。

彼は、困ります、と、少し不機嫌な顔で言った。わたしはベルトをロープにかけ、走って帰った。

次の日、彼は細紐のかわりにそれを締めていた。

彼は、わたしを見ると表情をこわばらせ、目礼した。

息子に気づかれることを、わたしはおそれた。夫には知られてもかまわなかった。

息子は大学受験の準備に打ちこんでいる。わたしは、夫を思い、夫の同僚の誰かれを思い、ああいうエリートに息子もなるのかと思った。

工事は終わり、えぐられた路面はアスファルトで固められ、男は消えた。

わたしは、買物籠をさげ、姑の家に寄る。姑が風邪をひいたので、手伝いによばれた。

洗濯物を干すわたしに、姑は蒲団に寝たまま指図する。

雑巾は、右のはしから、廊下用、台所用、外まわり用の順に干して。バスタオルは上の竿の右のはし、次がお父さんのタオル、その左に私のタオル。あいだを一寸ずつあけて。

*

扉の掛金をはずす音で目ざめさせられた。雨はやんでいた。地面はぬかるみ、餌の器をさし入れる娘の脚は、膝の方まではねがあがっていた。打ちのめされた軀は、熱っぽく痛んだ。

私は彼の方を見た。彼も痛みに苦しんでいるのではあるまいか。食欲はあるのだろうか。

私は、檻の床に膝を揃えて坐り、器を片手に持ち、一粒ずつつまんで口にいれた。

夢の余韻が尾をひいていた。私はつつましい家庭の女のような羞恥心に作用され、ひどく行儀よくなっていた。

鏡が見たいな、と、ぼんやり思った。

確信犯として刑を受けているのだというような他愛ない妄想は、もう、持ちようもなかった。

目の前の檻にいるのは、哀れな犬である。

しかし、その犬に、私はやはり、やるせないほどの愛情を抱いている。

夢に見た男への恋慕がよみがえる。

私は犬をかき抱きたくなる。あの男の肌を、私はついに知らなかったのだろうか。

ゆっくり、私は食べた。それから、ぬかるみの土にひっぱり出された。

ジーンズを下ろすのが、私は恥ずかしい。人目につかない場所を探した。しかし、檻から遠ざかろうとすると、男が走ってきて咎めた。私たちの行動範囲はさだめられていて、その境界をおかせば鼻を打たれるのである。

とてもできない、と私は思った。ジーンズを下ろす姿を人目にさらすことはできない。

そのとき、私は、私の犬が餌をくれる娘の方にすり寄って行くのを目にした。

あの、毅然として他人に心をひらかないと思っていた犬が。

犬は、娘の泥まみれの脚に顔をすり寄せた。

私が、よけいな羞恥心など持ったから……と、私は考えた。……犬が、私から去ってゆく。

私は、とっさに四つん這いになった。犬の心がよみがえった。

私は、走った。前肢と後肢でぬかるんだ土を蹴り泥をはねあげて、犬と娘のそばに走り寄った。

犬狼は、娘が耳のうしろを撫でるのにまかせている。

私は、おどりあがり、犬狼ののどに牙をつき立て、咬み裂いた。

*

女は、ベッドに固定されている。

すでに、静脈麻酔はほどこされた。吸入麻酔の導入措置である。まだ効力はあらわれない。意識ははっきりしている。しかし、聴こえるはずのない声がきこえるのは、幻聴か。

こんな危険な女だとは思わなかった。

よくできた息子さんを、いきなり刺そうとするなんて。

受験勉強に打ちこんでいたんだよ、息子は。
見えてしまったんです、その先が。女は呟くが、声は出ない。
前から、おかしいとは思っていたんだ。
誰の声だろう？
もっと早く手を打つべきだったんだ。
いや、入院はさせたんですが、もういいだろうと医者が退院させた。そうしたら、
また、この始末だ。
今度は、もう大丈夫。二度と危険なまねはさせない。
わたしが息子を刺そうとしたなんて、そんな馬鹿な。
わたしは窒息しかけていた。それだけのことだ。
女の鼻の前に、ゴムのマスクがさし出される。
深く息を吸って。ゆっくり数をかぞえなさい。ひとおつ……ふたあつ……

＊

私は、檻のなかでめざめる。
何というのびやかさ。のどかさ。けだるい快さ。

めざめながら、私は半ば睡る。こめかみの奥が、かすかに重い。この鈍重な感じは、これは、痛みだろうか。

重ったるい腕を持ちあげて、こめかみにさわる。このくぼみとひきつれは、これは、傷の痕だろうか。

私の下半身は、快く濡れている。その臭気のなかで、私は、また、うっとりと睡りはじめる。

猫の夜

黄昏（たそがれ）は奔馬のように街を踏みにじり、太陽をビルのむこうにひきずり下ろした単車の群れは炎の柱となり、幼女のスカートは切り裂かれ、やわらかい股間（こかん）はえぐられた。

私は閉店間近い肉屋で、犬のために鶏の頭を十個買い、それから『東天紅』に入って、味噌（みそ）ラーメンを私のために注文した。十人掛けのカウンターはほぼ満席で、私はすきま風が足を冷やす入口に近いスツールに腰を下ろすほかはなかった。もやしと粒状のコーンをたっぷりのせたラーメンは、一杯の珈琲（コーヒー）より安い値段で、私の血を暖めた。

隣のスツールには、十二か十三ぐらいの少女が坐っていた。並んだ四つのスツールを、同じ年頃で同じ服装の少女たちが占めていた。茄子紺（なすこん）色の制服のスカートの襞（ひだ）はくずれて、足もとに置いたカバンは、へりがすれ、蓋（ふた）は病んだ舌のようにめくれかえっていた。

少女たちは首をのばして頭を寄せあい、笑い、それから隣の娘（こ）が私にむかって、小（お）

父さん、おごってよ、と言った。言いながら、私の脛を蹴った。
私はポケットから硬貨を出し、きっちり一杯分数え、カウンターに置いて、店を出た。しけた奴と、少女たちの毒づく声を、うしろ手に、ドアで閉めこんだ。私が外食することは、公に認められていない。犬の餌にしても、毎月、一定のものが支給されているので、これは私のささやかな放埒であった。

駅への近道である細い裏道に入ると、停まった乗用車の周囲を少年たちがとりかこみ、バンパーを蹴り、ナイフをちらつかせ、おどしをかけていた。

私は駅の売店で夕刊を二種類買った。ラッシュ・アワーを過ぎた電車は、ゆとりがあった。腰を下ろし、新聞をひろげた。

いつもと変わりない紙面であった。子は親を殺し、親は子を密殺し、東南アジアの一角で餓死、ナチスの秘密機関が温存されているらしい、放火、パニック、数ページの紙面にディオニッソスが躍りまくっていた。歯のあいだにはさまったモヤシの繊維を爪でせせり出し、床にはじき捨てた。見当が狂い、隣の男の靴の上に、私の唾液で濡れたモヤシはのった。男は足をあげ、私のズボンで靴の先をぬぐい、ついでに蹴りつけた。男は酔っているらしく、そのまま前かがみになって、床を汚した。車内放送が次の駅名を告げた。男の隣の乗客が、下りるつもりか立ち上がった。そのとき電車が急停車し、その乗客は男の吐物に足を滑らせ、床に仰向けに転んだ。青年であった。

恥ずかしさにいたたまれない顔で起き上がった青年は、ハンカチを持っていないらしく、汚れたズボンの裾をつまんで、困り果てた。女の客が花模様のハンカチを手渡した。以前からの知りあいというわけではないようだった。これから、知りあいになるのだろう。

ホームの少し手前で、電車は停まったまま数分が経過した。私は、帰り着くのが遅れるのではないかと心配になった。犬は辛抱強いから、食事時間が遅れても大丈夫だが、秩序の狂いは、もっとも忌避されるところである。私は、黙認されている外出と外食を、はっきり禁止されるかもしれない。

車内放送が、少々お待ちくださいと告げ、ほどなく、飛び込み自殺があったのだと、乗客のあいだに情報が流れはじめた。物見高く、前部車輛に移動して、あわよくば自殺者を眺めようという客があらわれ、つづいて、遅れをとるまいと他の客がつづき、前へ前へと、車輛内部で大移動がはじまった。

私もその群れに加わった。

最前部車輛の窓は開け放たれ、乗客が重なりあって首を突き出していた。線路のきわに集まった野次馬のほかは何も目に入らない。沿線の見物人たちは、死んだのは女だ、とか、もう運び出された、とか、口々に車内にむけてどなっていた。

やがて電車が動き出したとき、乗客のあいだには、それ以前より濃密な親近感が生じ、誰かれなしに感想をのべあううちに、私の下りる駅に電車は停まった。

*

石の建物に、私は入った。木の階段を上り、下り、幾度かそれをくり返すので、私は、〈部屋〉が地下にあるのかそれとも建物の上層部にあるのか、いまだに見当がつかない。

木の台にうつ伏せにくくりつけられた犬は、おとなしく私を待っていた。上目遣いに私を見、弱々しく尾を振った。

それぞれの先端に錘りをつけた二本の鎖は、規則正しく交互に上下していた。鎖は、横木の両端から垂れ、横木は中心の軸で歯車にとりつけられ、歯車は他の歯車と嚙みあい、無数の歯車は、秩序正しく整然と上方に、そうして左右に並び、私は、歯車がまわるから錘りが動くのか、錘りの永久運動によって歯車が回転するのか、その仕組がわからないでいる。

わかる必要はなかった。私の仕事は、犬の世話である。それも、たいして厄介なことではない、もし、私が感情の動きを持たないものであるならば、という話だが。

犬は、衰えが目立ち、そう長くは保たないことが明らかになってきていた。

互に突き刺していた。

円錐形の、先端が鮫の歯よりも鋭利な錘りは、正確なリズムをもって、犬の臀を交互に突き刺していた。

木の台に犬をくくりつけたベルトは、臭かった。ベルトだけではない、この部屋全体が、犬の体臭をしみこませ、血のにおいは体臭とわかちがたくなっていた。

ベルトは三本で、前肢の付根と、後肢の付根と、その中間部分とに巻きつけられ、頑丈な尾錠でとめてある。腹這って四肢をのばす姿勢は、犬にとって不自然なものであり、それを強制されるだけでも苦痛にちがいないのだが、犬は、あきらめを知っている。猫は、あきらめることがない。

私は、遅くなってすまなかったな、すぐに作ってやるからもう少し待ってくれ、と言い、私の動きを追う犬の眼から視線をそらせ、時計部屋に隣接する小部屋に入った。ここは私の台所兼寝室である。片側に流しとコンロ、反対側の壁付きに木製の寝台と机。机の上に、犬の頭骨が三つ並んでいる。毛や皮膚や肉をとり去った頭骨は、生きているときの犬から想像するより、はるかに小さいものだ。両手をあわせたぐらいの大きさしかないが、これでも中型犬なのである。

くぅ、と甘えた声をあげて、仔犬が私の脚にからみついた。この部屋で放し飼いにしている。父親は、隣の部屋の時計犬である。

私は仔犬を抱きあげたが、かまってやる前に、父犬の食事をまず作ってやらなくてはならない。仔犬を床に下ろし、脚にからまりじゃれるにまかせ、鍋に水をはり、鶏の頭をいれてコンロにかけた。

ぎいぎいと横木のきしむ音がする。きわめて正確なリズムである。

金属製の深皿に、私は乾燥餌を八分目入れ、鶏の煮汁をかけた。仔犬は昂奮してはねまわったが、これは父犬の食事である。少しとりわけて仔にやってもかまわないのだが、私は、そうはしない。時計犬への、私のせめてもの誠意である。まず、彼だけのための食事を作る。

仔犬がとび出さないよう、注意してドアを開け閉めし、私は深皿を時計犬の口の近くにはこんだ。うつ伏せたまま食べられるよう、台に、ちょっとした細工がしてある。口の下の部分の板を、一段低く下げ、私は皿を置き、よし、と声をかけた。犬は、がつがつ食べた。そのあいだも、大小無数の歯車は互いに嚙みあって廻り、横木は上下し、鎖の先端のずっしりした錘りは犬の臀を左右交互に規則正しく突き刺していた。

長年、細く鋭くえぐられつづけてきた傷は、もはや、ほとんど血を流さなくなっている。犬の寿命は人間の何分の一というくらい短く儚いが、時計犬はその苦業によって、更に短命である。老化が早い。血の欠乏も老衰の一つの兆しであろう。彼の、ベルトで締められた部分の肌は毛が抜け、幾度も化膿したが、今ではひび割れた象の皮膚のようになり、ほとんど痛みを感じないようだ。

がつがつ食べている口もとに手を触れると、低く唸った。彼が威嚇の声を発するのは、食物を奪われる危惧を感じたときだけである。このことに関してだけは、私をさえ信頼しない。私は一度も与えた餌を途中でとりあげたりしたことはない。私とかぎらず、誰からも、そうした扱いを受けたことがないにもかかわらず、他の点では全く無条件に従順な犬が、ぐるるると唸って怒るのである。

食事を終えた後、水を与えた。それから、腹の下の板をはずすと、それが条件反射になって、排泄した。床にそれを受けとめる、紙を敷いた金属盆が置いてある。私は汚物を袋にまとめて入れ、台所の外のバケツに捨てた。

それから、仔犬の食事を作った。これも乾燥餌に鶏の煮汁をかけたものである。床に皿を置くが早いか、仔犬はとんできて、勢いあまって皿に前肢をつっこんだ。彼は、世にも不思議なことが起こったという顔で、私を見上げた。彼にとっては、餌皿が忽然と消失したとしか思えなかったのだろう。それが自分の肢の下にあるとは、彼の小さな脳では想像できないのだ。不条理な状態に茫然としている仔犬を抱きあげ、私はベッドの上に置いた。手で押さえて腹這いにさせ、待てと命じて、紐でくくりベッドに固定した。仔犬は怒って甲高く啼いた。黙れと命じて、私は仔犬の口をわしづかみにし、もう一方の手で撲った。徹底的な無条件服従。それを仕込まねばならぬ。くう、と、口のなかで恨めしそうな声を仔犬はたてた。手を離すと啼きだしたが、もう一度、黙れ、と命じ、片手を振り上げて打つ気配を示した。啼きやんだ仔犬は、哀しそうな眼をした。猫は、決して、こういう哀しい眼をみせない。猛々しく怒るだけだ。私は仔犬の紐をほどき、よし、と褒めて、餌を与えた。

細い尾をふりながら皿を空にすると、仔犬は部屋の隅に敷いてある新聞紙の上に行って、汚した。私はそれを外のバケツに捨てた。

仔犬はひとしきり私にじゃれつき、寝台のへりから垂れている毛布のはしをくわえ、ひっぱった。

毛布と格闘している仔犬をおいて、私は時計室に行った。

犬は力なく尾を振った。錘りでうがたれた孔の奥に骨がのぞいている。周囲の毛はこびりつき乾いた血でかためられ、錆びた針金の束のようだ。

私の動きを、犬は眼で追う。そのあきらめきった表情は私を苛立たせる。

この部屋は、高い塔の内部のようにも思える。私の目のとどく範囲には窓は無いが、光は、果てが見えぬほどにそびえた上方の、どこかからさしこんで、歯車に反射しながら下方に達し、時間の推移とともにその位置と色を変える。太陽の没した今は、光源がどこにあるのかわからぬ人工灯によって照らされている。無数の歯車は〈時計〉と呼ばれてはいるが、文字盤は壁の外側にあるのか、室内からは見えない。しかし、私はまだ一度も、建物を外から見たときでも文字盤を目にしたことはない。私の台所兼寝室である小部屋の天井は、ごく低く、板張りである。

歯車は油で濡れている。注油係は、私とは別の男で、七日に一度、歯車の点検と掃除に来る。私たちは口をきかない。互いに、相手の存在が目に入らぬもののようにふるまう。私は犬の係である。歯車は彼の責任下にある。私は犬であり、彼は歯車である、とも言える。時計犬は私を含めて時計犬であり、歯車は彼を含めて歯車である。そこに、秩序がある。

だが、今朝、私ははじめて男に言葉をかけるという大失策をおかしてしまった。犬が胸骨を波打たせ、吐いたので、

「ああ、ああ、こいつも、もうおしまいだなあ」思わず私は言い、

「そうだなあ」と、男も思わず応じ、私と彼は顔を見あわせ、愕然とした。

いったん、こぼたれた部分は、どう繕いようもない。

今日、私は犬の食事時間を遅らせるという反秩序もおかしている。

強固な石壁が一箇所くずれると、そこから崩壊が増大するように、反秩序は反秩序を連鎖的にひき起こすものなのか。

私の遅刻は、私の乗った電車に飛び込み自殺があったという、〝むこう〟の事件によって生じた。〝むこう〟に、〝こちら〟が影響されたのである。注油係と言葉をかわしてしまったのは、〝こちら〟の内部だけの事件である。

どっちが罪は大きいのだろうか。もっとも、罰則はない。犬は打擲と餌によって秩序への無条件服従を叩きこまれるが、私と歯車注油係には、禁をおかした場合の罰則は無いのである。とりかえしのつかぬ傷、あるいは汚点が、永久に秩序に残るだけである。活字に傷がつくと、輪転機が欠損のある文字を刷りつづけるように。

私は薄暗い台所に行き、コンロの火に金串をかざして灼き、その赤く発光した部分を口のはしにあて、自らを罰した。これは気休めにすぎず、何の役にもたちはしない。

仔犬は私の毛布の襞のあいだに軀を丸め、寝入っていた。

*

翌朝、赤みを帯びた光のなかで、時計犬は急激に衰弱していた。歯車を濡らした油の被膜に小さな虹がうつり、犬の眼は鉛色の穴のようだった。

私は犬の朝食を作った。乾燥餌に、いつもの倍の鶏汁をかけ、時間をおいて十分にやわらかくした。犬はにおいをかぎ、少しなめ、眼を閉じた。

この犬が若かったころを、私は久しぶりに思い出した。ほんの数年前であった。一年半かけて十分に苦痛に耐える訓練を受けてきた犬は、精悍で美しかった。胸の毛は中世の貴族の衿飾りのようにほっそりした顔をひきたて、艶のあるゆたかな長毛のかげに敏捷な軀があった。その犬を、私は台にベルトで固定した。犬は反逆の力を十分に内にたくわえながら、犬の哀しい習性で、黙々と苦役に従った。錘りの先端が臀に刺さったとき、彼は、びくっと四肢をふるわせたが、悲鳴はあげなかった。啼けば、更に激しい苦痛を与えられることを経験していた。

死にかけている犬は、従順であるのが当然で、これはもう死んでいるのと同じことで、ほとんど役に立たない。

とりかえなければならないが、仔犬は訓練をはじめたばかりであった。

時計犬の老化は、これまでのものより、早過ぎた。それだけ、彼が圧殺した彼の内部の力が強かったということなのだろう。彼は、強靭な彼自身を殺すために、その精力を早々と使い果たした。

私はいくらか、うろたえた。しかし、どうしようもないではないか。きわどいものによって、この秩序は、辛うじて保たれている。もっともきわどいのは、私自身であると、私は気がついた。私は今、全世界よりも、一匹の死にかけた犬に心を奪われている。そうして世界は、こういう軟弱な私にゆだねられている。

犬の哀れな条件反射は、私を耐えがたいほど苛立たせた。とりあえず、仔犬の餌を作りに、私は台所に戻った。

私の目は、異変をとらえた。仔犬が一匹だけいるはずの部屋に、動きまわるもう一つのものがいた。

それは、流しの上にとび上がり、鶏汁の鍋に頭をつっこんだ。鶏の頭に鋭い牙をたてくわえ、私の方をふりむいた。黛でふちどったような眼をした巨大な虎縞の猫であった。

猫としてはみごとなほど大きいが、それでも、せいぜい小型犬ほどである。頭骨は握り拳ほどの大きさもないだろう。

私を見ると、背の毛を逆立てた。仔犬は、ただあきれて、猫にみとれている。

どこから入りこんだのかと、私はいぶかった。外廊下に通じる扉は閉まっているし、この部屋には窓は無い。そうして、廊下は、複雑に上ったり下りたり折れ曲がったりする階段に通じている。

前肢の爪を鍋のへりにたて、猫は私をにらみ、私が一足近づいても動かない。私と彼のあいだの距離を冷静に測っている。私は、ほとんど動いていないと猫に思わせるため、上半身を直立させたまま、右足をじわりと前に進め、体重を静かに移動した。同様にして、左足を前に進め、私の軀が小きざみな歩幅二つ分猫に近づいたとき、けたたましい音とともに鍋はひっくりかえり、猫は私のベッドにとび移った。

敏捷きわまりない猫を私が押さえこむことができたのは、彼の鋭く彎曲した爪の先が毛布にひっかかり、軽やかな跳躍を阻まれたためである。私は爪を毛布からはずし、魚のように身をくねらせて逃げようとするのを小脇にかかえ、歯車の部屋に行った。

猫を片手で抱きしめたまま、犬のベルトをはずした。犬は四肢を動かしたが、立とうとはしない。私は、あいている方の手で犬を床に下ろした。片手がふさがっているので、抱くことはできず、半ばひきずって下ろした。

犬は床にべったりと腹這い（はらば）になった。それから、四本の肢を腹の方にしぼりこむような恰好（かっこう）で引き寄せ、どうにか立ち上がった。

私は猫を台に置き、ベルトでくりつけた。犬のサイズにあわせたベルトの位置は、猫には不適当であった。

この作業の間も、横木は規則正しく動き、先端の尖（とが）った錘りが突き刺さってくるので、私は注意深く、自分の手を傷つけないようにした。犬の腹の位置のベルトを猫の前肢の付根に用いると、横木はちょうど猫の臀の真上にきた。錘りの位置を、中央に少し寄せなくてはならなかった。

猫の後肢の付根をベルトで固定し、私が錘りの位置を調整しているあいだに、猫は、頭と前肢をベルトから抜き、上半身の自由を獲得した。私は猫をおさえ、ベルトを締めなおそうとした。そのとき、錘りの一方が、猫の臀を突き刺した。

閃光（せんこう）のような絶叫とともに、猫は、跳ね、後肢をベルトから引き抜き、横木にとび乗った。垂直に上下していた鎖は大きく揺れ動き、錘りを振りまわした。錘りの先端は、猫の目を打った。

猫はとびはね、壁にとびつき、歯車に前肢の爪をひっかけて軀をささえた。運行を止めぬ歯車は、猫の爪を嚙みこんだ。

猫は歯車で埋められた壁に貼りつく形になった。荒れ狂い、わめき、もがく猫の爪を、歯車は容赦なく、肉ごと嚙みちぎった。

異物がはさまったため、歯車の動きは不整脈のように廻っては止まりかけ、遅れをとり戻すように目まぐるしく廻り、また動きがのろくなった。

逆上した猫はようやく歯車から四肢をひきはなすと、もんどり打って床に落ち、撞球の球のようにはずんで、壁の一方に突き当たった。

バウンドしたのか、自ら跳ねたのか、やみくもにとび上がり、これもまたでたらめな方向にはね動いている錘りに腹を打たれ、牙をむいて錘りに嚙みつき、錘りといっしょに鎖にふりまわされた。

猫はまるで、同時に何匹もとびはねているような錯覚を私に与えた。私の眼に残像があるあいだに、猫は離れた地点にあり、私の眼は彼の動きを追いかねた。

仔犬は、みとれていた。私もまたみとれた。それと同時に、事の重大さに思いがいたり、茫然とした。輪転機のしみどころではない。老犬のかわりに、なぜ、私は猫を縛ろうなどと考えてしまったのか。いや、何も考えはしなかった。いたずらとか思いつきというものは、すきま風のように心の間隙にしのびいったとたんに、自ら活動しだすものなのだ。思考は、行動のあとをよたよたと追う。〝むこう〟は、大混乱に陥り、ほとんど壊滅に近くなっていることだろう。どう救いようもない。私は仔犬を抱き上げ、台所を通り抜けて、外廊下に出た。今は時計犬ではなくなった、年齢はさほど老いてはいない老衰犬は、たよりない足つきでついてきた。

もしかしたら……と、私は思った。これは、〈命令〉だったのだろうか。世界は壊滅すべきときになったのか。私の行動は、あやつられたものだったのだろうか。

階段を下り、上り、曲がり、それをくりかえし、私は外に出た。

*

川に沿って、駅への道を歩いた。駅で、私は犬を電車に乗せたいと言った。駅員は段ボール箱を私によこし、この中に入れて運べと言い、犬の運賃を要求した。

人々はホームに整然と列を作っていた。私は列の最後尾につき、犬の入った段ボール箱を両手で抱え、電車に乗った。

車内は静かだった。座席に坐ったものも、吊革につかまって立ったものも、ただ、前方に目をむけていた。そうして、私は気づいたのだが、吊革を持つ手は、一様に、左手であった。立った両脚は、三十センチほど開き、その姿勢を誰もが保っていた。

いつも肉を買う店のある駅で、私は下りた。駅は高架なので、ホームから街が見下ろせた。

街路を、隊列を組んで歩く人の群れを、私は見た。

私は、段ボール箱の蓋を開け、仔犬を抱き上げた。親犬は、中にうずくまったまま、箱のへりに顋をのせた。

街は、おそろしく静かだった。車は一定の間隔を保ち、整然と走り、信号に従って停まった。

私の背後に、陽が落ちかかっていた。

――カードのゲームのルールは……と、私は、ふと、思い出した。それは、誰に言われた言葉だったろうか。長いこと、忘れていた。

それを私に言ったのは、そう、私の父だった。私と同様、犬の世話をしていた。私は父からこの仕事をひきついだ。何十年か前に。父がそれを私に言ったのは、私がまだ、この仔犬くらい幼かったときだ。

――プラスの切札の総量と、マイナスの札の総量は、常に等しい。

そう、父は言った。

秩序が要求する服従の総量と、反逆、放恣の総量とは、等しい。
一匹の犬の服従の血によって許されたささやかな放恣のときは、終わった。
私は、軀をかがめ、犬の骨ばった背に手をおいた。
陽が落ち、街の建物の窓々に灯が入った。
やがて、その灯は、一つのスイッチによって操作されたように、いっせいに消えた。
同時に、すべての街路灯も消え、闇となった。
明日、もはや、この灯はつかない、と、私は突然、理解した。
完全な冷厳な秩序につづくのは、死のほかにない。
辛うじて、明日をもちこたえても、その次の日までは。
しかし、ルールは、犬や猫や、鳥や虫や花々樹々にまでも及ぶのだろうか。
死滅するのは、人間だけか。
私はホームのベンチに腰を下ろした。闇のなかで、膝に仔犬の暖かみを感じながら、
私は親犬に手をのばした。手は、空をさぐった。

人それぞれに噴火獣

鉄球がビルの壁に打ち当たると、もともと亀裂の入っていた壁は、もろく、くずれはじめた。

老朽化したビルの取りこわし作業を、わたしは眺めている。道の反対側に、近所の人が立って見物している。

斜めにさしこむ弱い陽の光のなかに、粉塵が舞いあがる。

「見に来たんですか」吉岡が言う。

「ああ」父がうなずいている。

「名古屋へは、いつ？」

「明日発つ」

「明日ですか。今度の仕事は、大きいんですってね。新築のホテルのロビーですって？」

「誰にきいた？」

「登志子さん」

「登志子に会ったのか」

「ええ。偶然、銀座で。……少し元気になったみたいですよ。個展の準備をしているって」

大きくはずみをつけた鉄球が壁にあたり、地ひびきをたてた。

「もろいものですね」

「登志子は誰にきいたのかな。ぼくの今度の仕事について」

「ずっと会ってないんですか」

「ああ」

「名古屋に行ってしまう前に、一度会ってみたら。さしでがましいことを言うようだけど」

父は答えない。

おとうさん、と、わたしは呼んでみる。

＊

アパートの階段の下までくると、蕗子は足をとめた。ランドセルの紐が急に肩にくいこんだ。ずり落ちた眼鏡を、蕗子はかけ直した。

鉄の外階段の下におかれたごみバケツは、蓋がはずれ、いやなにおいを漂わせていた。中は空だが、汚れた汁がたまり、菜っぱの切れはしや飯粒がへばりついている。蕗子は、ポリバケツの胴をズック靴の先で蹴った。それから、片手を手摺りにかけ、ゆっくり階段をのぼった。錆びた踏み板は、音をたててきしんだ。

外廊下に、扉と台所の窓が交互に並んでいる。窓から話し声がきこえる。母親と、もう一人は、母親の義理の伯母だ。伯父の妻という関係である。しかし、夫婦の年齢が離れているので、伯母は蕗子の母親と七つ八つしか違わない。子供がいない。書物の装釘の仕事をしている。生活費は伯父の収入で十分賄えるから、気にいった仕事しかしない。

「あなた、本当にこのごろ、くすんじゃったわよ」伯母の声である。「全然描いてないんでしょ」

「描けるわけないでしょ」母が応えている。

「みてよ、この狭さ。足もとでは優子がちょろちょろしているし。絵具箱をひろげようものなら、優子がさっそく、チューブをつかんで絵具をしぼり出しにかかるわ。彩子さんが羨ましい」

「羨むのなら、なんで子供作るのよ。それも二人も。何もかも手にいれるってわけにはいかないわよ」

「手が離れたら、やるから。あと五年の辛抱と思っているのよ」

「だめ」伯母が、ぴしゃりと言う。「その五年のあいだに、あなた、だめになっちゃうわよ。母親業に埋没しているあいだに、毒気がなくなってしまうのよ。母性と毒気とは、あい容れないわ。だけど、貝沢登志子の絵から毒をぬいたら、何が残るのよ」

「言ってもしかたのないことを、言わないでほしいわ」

「あなたが、私を羨ましいなんて言うからさ」

「たまには、愚痴をこぼしたくなるもの」

「たまじゃないでしょう。いつもいつも、不平不満がありありと顔にあらわれている。秀ちゃんは、子供二人あなたに押しつけて、自分はアトリエにこもって仕事しているわけでしょう。女はどうしても損な役まわりだわねえ」

「彩子さんなんて、女でとくしている。生活の面倒な部分は全部旦那にまかせて、好きな仕事だけしているんだから、羨ましいわよ、やっぱり」

「そのかわり、わたし、子供はあきらめている」

「好きじゃないんでしょ、子供。はじめから」

蕗子は、入りそびれた。しかし、母親の方が子供の帰ってきた気配を敏感に察した。

「蕗？　さっさと入りなさい。彩子伯母ちゃんみえてるよ。早くごあいさつして」

「口やかましい月並みなママさんだなあ、登志ちゃんも」

ドアを開けたとっつきのダイニング・キチンで、伯母と母は紅茶をのみ、二人のあいだのベビー・チェアに、三歳の優子が腰かけてケーキをこねまわしている。

靴をぬぎ、蕗子は伯母の椅子の背にそっとよりかかってみた。気がむくと、伯母は、あいそのいい声をかけてくれる。今日は、だめらしい。

「手を洗ってきなさい。伯母ちゃんのおみやげがあるわよ」

母に命じられたとおりにし、ランドセルをおろして空いた椅子に腰をおろした蕗子に、

「今日は、誰かお友達と遊ぶ約束をしてきたの？」母が、苛(いら)だちをかくしきれない声で言う。答えがわかっているから、蕗子が答える前に、もう不きげんな顔になっている。

蕗子はうつむき、伯母が皿にのせてくれたケーキをほおばる。

「だめねえ」うんざりした声で、母は首を振る。「いつだって、こうなんだから」

「皆、塾やお稽古(けいこ)事(ごと)でいそがしいんじゃないの」伯母が助け舟を出す。

「そうでもないのよ。ここは、公立のいい中学があるから、小学生の塾通いは、それほどさかんじゃないの。ここの公立中学に入るためにわざわざ越境してくる子も多いほどだから。塾へ行くのは、国立をめざす少数の子だけね。それに、まだ三年だもの。

放課後は、団地の公園に集まったり、友達同士のうちに行ったり来たり、けっこう遊んでいるわ」

「それはいいわね」

「ところがねえ」母親は、蕗子を横目で見て吐息をつく。

「眼鏡が悪いんだ」蕗子はつぶやく。母親にきこえず、伯母の耳にだけ入るといいと思う。

伯母は知らん顔をしているので、もう一度、少し声を大きくして言ってみる。

「眼鏡が悪いんだ。眼鏡かけた子なんて、みっともないもん」

「何言ってるの」母親が言う。

「眼鏡のせいにするんじゃない。あんたが陰気くさくしているから、好かれないの」

蕗子は黙って下をむき、ケーキにフォークを突き刺し、ほおばる。いそいで食べてしまうのはもったいない。ゆっくり味をたのしみたいのだけれど、早いところ母親のそばを離れたくもある。

食べかけのケーキの皿を持って、椅子を下りた。

「ちゃんと腰かけて食べなさい」

南側に、六畳と四畳半が並んでいる。二DKのつくりである。あいだの襖はとり払い、ひとつづきにしてある。広く使えるのはいいけれど、どこに軀をおいても、他人から見られてしまう。辛うじて死角になるのは、ダイニング・キチンの壁と押し入れが直角をつくるコーナーで、ここなら、母親が台所にいるときは目がとどかない。しかし、母親がちょっと軀を動かして、一足部屋に踏みこんでくれば、まる見えなので、しじゅう緊張して、気配をうかがっていなくてはならない。

四畳半の壁には、十号の絵が二点かけてある。油彩ではなく、フレスコである。漆喰を塗った壁面の乾ききらないうちに顔料で描いてゆく、壁画の手法である。フレスコ画家の父親は、友人と共同で、近所にアトリエを借りている。画材はすべて、アトリエに置いてある。

母親は、週に三日、子供たちを自宅に集めて絵を教える。それが定収入になっている。父親の収入はあてにならない。ときたま、建造物の壁画の仕事がもちこまれるが、日本ではフレスコ画はなじみが薄い。仕事の注文は年に一度かせいぜい二度。あとは半失業の状態である。

蕗子は、母が絵を教える日は何となく落ちつかなくなる。家の中が賑やかになるのは好きなのだが、生徒のなかには蕗子の同級生もいる。同級生のあいだで、蕗子がしっくりなじめず、うまくいっていないことが、母親の目にむき出しになってしまう。同級生たちは、絵の先生の娘である蕗子に一目おいて、決して意地悪をするわけではないのだが、へだてのない打ちとけた状態にもならない。蕗子が、本で読んだ物語などを話してやると、皆、感心した顔できいている。話がおしまいになると、皆は、さっさとほかの遊びをはじめる。蕗子は誘われない。

六畳の南側に置かれた鏡台の前に、蕗子は立った。

眼鏡をかけた丸い平たい顔がうつる。蕗子は、桃色のふちの眼鏡をはずす。瞼(まぶた)の腫(は)れぼったい小さい目。

「もう少し、べつな顔だとよかったな」蕗子はひとり言をいう。

「登志ちゃんみたいにずけずけ言っては、蕗ちゃんがかわいそうよ」伯母の声がきこえる。

かわいそう、と言われて、蕗子は伯母に腹をたてる。かわいそう、と、あからさまに言われたことで、蕗子のみじめさが、くっきりとあらわれてしまう。気がつかないでいてくれればいいのに、と蕗子は恨めしく思う。

「眼鏡なんて、関係ないのよ」母親が言う。

「問題は、蕗が、かわいげがないということなのよ。蕗の責任じゃないのよ。もって生まれたもので、どうしようもないのよ。だから、よけい困る」

「蕗ちゃんに聞こえるよ」伯母が声をひそめる。

母は、平気でつづける。聞こえても蕗子には理解できないとたかをくくっているのか。

「意地が悪いとか、でしゃばりだとか、そういうことでうとまれるのなら、まだいいわ。あるていど大きくなって気がつけば、自分で矯正することもできる。あの子、気だてはべつに悪くないと思うのよ。それなのに、どうも友だちに好かれない。友だちばかりじゃない。大人にも。

彩子さんだって、あの子をかわいいと思ったこと、ないでしょう。態度でわかるわよ。あの子、自分では人恋しくて、友だちと遊びたくてたまらない。人一倍そういう気持が強いのに、だめなのよねえ。だから、ちょっとあいそよくしてくれる相手には、べったりくっついて、媚びて、よけいうっとうしがられるのよ。見ているこっちがつらいわよ。

優子、だめ、べたべたの手で伯母ちゃんにさわっては」

蕗、と、母親は呼びたてる。

「優子を児童公園に連れていって。少し外で遊んできなさい」

「勉強しなさい、とは言わないの？　今どき珍しいママさんね」

蕗子は、鏡の前をいそいで離れる。鏡をのぞきこんでいたことを、母親に知られたくない。母親は、すぐ、蕗子の心のなかを見てしまう。瞼の腫れぼったい細い目を、いやだなあと思っていたということを、鏡を見ていたという動作から見ぬく。

ダイニング・キチンに戻ると、母親は、優子の手をタオルで拭いていた。

「あたし、友だち、いるよッ」蕗子はどなり、ズック靴を履き、ひとりで出て行こうとする。

「優子を連れて行きなさい」

いやだ、と言う前に、椅子から下ろされた妹の小さい手が蕗子の手をつかむ。おいていかれまいと、爪をたてた。

団地の児童公園は、いつも閑散としている。ブランコ、砂場、滑り台と、ひととおり遊具は揃っているが、誰も寄りつかない。ここで遊ぶのは、母親に連れられた、幼稚園にもまだ入れない小さい子ばかりだ。それも昼の二、三時間にかぎられる。優子は砂場で遊びたがったが、蕗子はからっぽの公園を横目で見ただけで、通り過ぎる。

ケーキを食べた口のなかが、甘ったるくねばついている。学校から渡された遠足のプリントを母にみせてなかった、と思い出した。遠足だと思うと、気が重くなった。乗物は嫌いではない。長い道のりを歩くのも、好きではないけれど、そう苦しくはない。いやなのは、目的地に着いてからの自由時間だ。弁当は、学校の給食時間のように、きまった席で食べるわけではない。好きな友達と、好きな場所で、食べる。五、六人で輪になったり、仲好しと二人だけで食べたり。先生を仲間に入れることのできるグループは、特別な人たちだ。

その時間のくるのが、蕗子は怖い。気がつくと、彼女以外の誰もが、それぞれの仲間をみつけて、あちらこちらで弁当をひろげている。

学校の昼休みなら、まだいい。誰とも遊ばなくても、本を読んでいれば過ごせる。しかし、遠足のときにひとりで離れて本を読んでいたりしたら、仲間はずれが、誰の目にも明らかになってしまう。本当は、気のあわない人たちと、おもしろくもない縄とびや石けりをして過ごすより、ひとりで本を読んでいる方がはるかに好ましいのだが、嫌われっ子というふうにみられるのが口惜しい。

公園のわきを通りぬけ、ヒューム管工場の塀が続く道に出た。子供たちが放課後よく集まって遊ぶのは、工場の裏の空地である。

塀に沿って裏にまわった。立入禁止の札を立て有刺鉄線で囲った空地に、七、八人が集まっていた。同級の女の子ばかりだ。積み上げたヒューム管によりかかり、お喋りに興じている。

ここは、段ボールの空箱だの、鉄屑だのといった、廃品の捨て場所になっている。裏門の近くには、オート三輪が二台とまっている。

囲いの中央に、出入り口があり、裏門まで舗装した道が空地を突っ切っている。車の通路である。

「あァあ、いけないんだなあ、ここで遊んじゃ」蕗子は、ひとり言のように言ってみる。危険だからと、学校で禁止された場所である。まだ、事故が起きたことはない。

女の子たちは、蕗子の言葉を聞き流したが、一人が優子に目をとめた。

「その子、貝沢さんの妹？」

「そう」蕗子がうなずくと、

「わあ、かわいい」と、大声をあげた。すると、ほかの者たちがいっせいに、かわいい、かわいい、と騒ぎながら寄ってきた。

最初にかわいい、かわいいと声をあげたのは、太田邦子（おおたくにこ）という子で、自分がまっ先に認めたのだから、自分に優先権があるというように、他の者を押しのけて、優子の肩に手をかけて抱くようなかっこうをする。

「お人形さんみたいじゃない。ね？」

仲間の同意をうながす。

「名前、何ていうの？」

「優子、答えなさい」蕗子は、プロンプターのように優子にささやく。

「いくつ？」

「ほら、優子、いくつ？　って。三つでしょ。指三本出すの。ちがう、その指じゃないでしょ。これとこれとこれ」世話をやくことで、蕗子は、所有権を主張する。愛玩犬をほめられた飼主のように、ちょっといい気分になる。

子供たちは、かわるがわる、優子の頭を撫でたり頬をつついたりする。その仕草は、いくらかわざとらしく、儀式か芝居じみている。

しかし、子供たちはじきに倦きて、ヒューム管の山の方に戻って行き、前からのお喋りのつづきをはじめる。

蕗子は、ほんのわずか開かれた水路をつき進もうとする。

「ねえ、遠足のとき、いっしょにお弁当食べない？」

誰にともなく言う。

性急すぎた。誰も、自分にむかって言われたとは思わなかったらしく、蕗子の方を見ない。

「ねえ」

蕗子は、ふと目のあった一人に、熱をこめて言う。「遠足のとき、お弁当、いっしょに食べよう」

その子供は、困った顔を太田邦子にむけ、それから、「あたし太田さんと食べるから」と、ことわる。太田邦子はクラスで人気がある。

「太田さん、あたしと食べよう」蕗子は言う。あたしもいっしょに食べていい？　と下手にでる言い方を、蕗子は思いつかない。仲間に入れて、と哀れみを乞う言い方は、考えもしない。

太田邦子は、蕗子をみつめ、「だめ」と、きっぱり首を振る。

それで、交渉は終わりである。蕗子は、みれんがましく、

「どうして？　どうして、だめなの？」と詰問する。

「どうしても」

厳然と、太田邦子は言う。

「いいじゃないさ」

「だめ」

「ケーキ持っていく。あたし。いっしょに食べる人、わけてあげるんだけどな」

「三百円以上、いけないって、先生言ってたよね」太田邦子は、仲間に言う。「ケーキなんて、高すぎるわよね」

「うん」仲間はうなずき、もう、蕗子を相手にしない。

地面すれすれに窓がある。窓が地面から生えているようだ。

蕗子はしゃがみこみ、腰から上を横に倒すかっこうで、中をのぞきこむ。優子がま

ねをした。

父を見下ろせる。父親は、籐椅子にだらしなく腰かけ、パイプをふかしている。アトリエは、半地下室になっている。

奥まった路地に建った古いビルである。コンクリートの外壁は化粧塗りをしてない打ち放しで、亀裂が入っている。上の方は貸事務所や貸スタジオだが、空室が多い。老朽化したので、所有者は、いずれとりこわし、設備のいいものに建て直すつもりでいるからだ。

路地の突きあたりは高いコンクリート塀で上にガラスの破片が植えつけてある。塀のなかは刑務所かもしれないと蕗子は思うのだが、まだ誰にもたしかめたことはない。樹が茂っていて、中はみとおせない。

イーゼルに、漆喰を塗ったボードがたてかけてある。鳥の絵が描いてある。

フレスコ画は、漆喰がかわいてしまうと、それ以上は描けない。だから、一日で描ける分量だけ、漆喰を塗る。大きな壁面であれば、一部分ずつ仕上げてゆく。油絵のように、描き重ねてゆくことはしない。

蕗子は、父親の絵にはあまり魅力を感じない。おもしろくない絵だなと思っている。色が鈍いし、描かれてある鳥や花も、弱々しくてつまらない。

いっしょにアトリエを使っている、父親の友人、吉岡の仕事の方が、はるかに興味がある。

　吉岡は、少し離れたところで、テーブルの上に色とりどり形も大小さまざまのガラス玉を並べ、少し考えては並べかえている。吉岡は、モザイクの仕事をしている。壁面装飾の需要は、フレスコよりモザイクの方が多い。

　吉岡は、父よりずっと若いのだという。

　小父さん、と呼んで、小父さんはかわいそうだ、と笑われたことがある。

　珍しい眼をした人だ、と蕗子はいつも思う。やさしいのか冷たいのかわからない。微笑しているようで、奇妙に鋭い。あまり喋らない。たまに口をきくと、恥ずかしがっているような顔になる。痩せている。頬骨の下がこけている。上唇のへりと顎にひげを生やし、顎ひげは先が三角にとがっている。

　父親は、ひげを生やしていない。すべすべした丸い平たい顔で、眼鏡をかけている。蕗子は父親似だと、誰もが言う。優子は母親に似ているそうだ。蕗子は、自分が父親に似ているというのは、そうかもしれないと思うが、優子と母親が似ているとは認められない。

　父親が立って、部屋の隅のガス台の方に行く。薬罐が湯気をたてている。父親は、ドリッパーでコーヒーを淹れはじめる。

　だいぶ前、蕗子はやはりアトリエに遊びに来て、吉岡のスケッチ帖をのぞいたことがある。

パステルで絵が描いてあった。

前かがみになって歩いている男の姿である。その背中に、奇妙な獣を背負っている。顔はライオンのようだが、躯（からだ）は灰色で細く、鰐（わに）のような強靭（きょうじん）な尾をぴんとそらせている。獣は前肢（まえあし）のがっしりした爪を男の肩にくいこませ、口からは火を噴き出している。

今度、動物図鑑をもってきて、正しいライオンの絵を吉岡にみせてやろうかと、そのとき蕗子は思ったのだった。

〈こんなライオンはいないよ。絵描きのくせに、でたらめ描いてる〉と蕗子が言うと、

〈これはライオンではない。シメエルだ〉

と、吉岡は答えた。

〈シメエルなんてきいたことない。嘘ついてるんでしょう〉

〈噴火獣ともいうんだ〉

〈フンカジュウ？〉

〈火を噴いている火山のことを、噴火山ていうでしょう。ジュウは、けもの。火を噴く獣〉

〈そんなの、知らない。動物園にいる？〉

〈いるだろ〉吉岡は言った。

〈見たい。連れてって〉

〈誰にでも見えるわけじゃない〉

〈あたし、見えるもん〉

〈いま、ぼくの背中にいるの、見えるか〉

〈また、嘘つく〉蕗子は、少しはしゃいで吉岡を叩いた。

〈空想上の動物だよ〉と、父親がそのとき、横から注釈を加えた。

そんなこと、わかってる、と蕗子は思った。

〈頭は獅子、胴は山羊、尾は竜。この噴火獣というやつは、妄想、幻想の象徴だ〉父親はつづけた。

モーソー？　ゲンソー？　ショーチョー？　どれも、蕗子の知らない言葉だった。獣を背に負った男の顔が、蕗子は気にいった。怖ろしい寂しさが、眉の濃い、瞼のくぼんだ顔にあらわれていた。しかも、男は、決して弱々しくはないのだった。火を吐く兇暴な獣もまた、寂しさを全身にあらわしていた。寂しさは炎となって獣の口から噴き出し、その炎は燃えさかる兜のように、ひとり歩む男の頭を飾っていた。

父親は、二つの白いカップにコーヒーを注ぎ、両手に一つずつ持って、吉岡のそばに行く。テーブルにカップを置く。濃い色の液面とカップの白が、きれいだなあと、蕗子は思う。コーヒーの表面が少し揺れている。

父親は、吉岡の隣の椅子に腰かけ、カップを口にはこぶ。吉岡も、いっしょにのむ。

仲の好いお友だちなんだなあ、と蕗子は思う。

父親に〝家族〟のほかに〝お友だち〟がいるのに、何かなじめない感じを蕗子は持つ。

父親は、カップを唇にあて、かたむけながら、吉岡を見ている。吉岡は、片肘をテーブルについた手にカップを持ち、父親に半ば背をむけるように躯をよじっている。

少し背をのけぞらせ、吉岡は、父親によりかかるかっこうになった。父親の指が、吉岡の頬を撫でている。

脚がしびれたので、蕗子は立ちあがり、のびをした。地下に降りる階段の方へ行く。

優子が小走りにあとをついてくる。

蕗子がアトリエに入って行くと、父と吉岡はそれぞれの椅子に腰かけ、背中をまっすぐにして、コーヒーをのんでいた。

コーヒーのにおいと石灰のにおい。

優子が、吉岡の膝に手をかけた。吉岡が抱きあげようとしたので、蕗子は優子をひきはがし、父親の方へ押しやった。優子は怒ってうなり声をあげたが、父親が抱いたので、おとなしくなった。

蕗子は吉岡の膝によじのぼる。青いシャツの胸に頭をもたせかけ、吉岡の手を、蕗子の胴をささえるように導く。

「ねえ、ねえ」と、蕗子は吉岡をゆさぶる。

何か、たのしいことが起こってほしい。吉岡は、ときどき、蕗子を高く抱き上げたり、両手を持ってふりまわしたりしてくれる。長い時間ここにいることはできない。じきに、父親が、もう帰りなさい、お父さんたちは仕事だから、と追い出すだろう。短い時間に、楽しさの頂点にまでもっていかなくてはならない。

吉岡の膝にのりながら、蕗子は父親の方をぬすみ見る。父親の膝に先にのらなかったことで、気を悪くしたかな、と思う。少し胸が重くなる。

父親は、優子をのせた膝を、馬のように上下にゆすっている。

「さあ、仕事だから行きなさい」父親が言う。

「嘘。仕事じゃない。コーヒーのんでる」

「コーヒー」と、優子がまねる。

「もう、コーヒーはおしまい。これからお仕事。外へ行きなさい」

「伯母（おば）ちゃん、来てるよ」蕗子は、話題をさがしだす。「彩子伯母ちゃん」

「おみやげもらったか」

「うん、ケーキ」父親と吉岡にも持ってくればよかった、と蕗子は思う。箱のなかには、まだ残っていたはずだ。

「ケーキ」と、優子がくりかえす。

「公園で遊んできなさい」

「いやだ」

蕗子は、吉岡の膝の上で軀をゆする。吉岡の骨ばった膝が、こりこりと臀にあたる。テーブルの上には、二つの白いカップと、色ガラスの玉が散っている。

地上では地面すれすれだった窓が、ここから見ると、天井に近いところにある。天井はふつうの部屋よりずっと高い。

弱い光が入ってきて、ちょうどガラス玉の上にあたっている。青や赤の色が深みを帯び、奥底の方から煌めきがにじみ出ている。

蕗子は思わず手をのばし、ガラス玉に触れようとした。

「だめだ」

いきなり、腕をつかまれた。吉岡の細長い指が、蕗子の手首を手錠のようにしめつけていた。

蕗子は首をねじって吉岡の顔を仰いだ。容赦のない表情を見た。父の方に、蕗子は顔をむけた。

「それにさわってはだめ。いつも、言っているだろう」父親の顔も、鉄の板のようだ。

泪（なみだ）が湧いてきた。蕗子は軀のむきをかえ、吉岡とむかいあうかっこうで馬乗りになり、顔を吉岡の胸にくっつけた。

泪が出たことを、絶対に、ここにいる三人の誰にも知られたくなかった。

ふざけているふりをして、顔をぐりぐりと動かした。泪を吉岡の服が吸いとってしまってくれるといいと思った。しかし、泪はあとからあとから湧き出して、その上、何かかたい塊のようなものがのどにつまり、それが上の方にせり上がってくる。ぐっ、ぐっ、と声が洩（も）れそうになるのを、蕗子はいっしょうけんめい抑えた。

「馬鹿。泣くことはないだろう」

父の声をきいた。困ったような、きげんをとるような調子にきづいたとき、泪がすうっとひいた。のどの塊もなくなった。

父を少しばかり軽蔑（けいべつ）した。妙に卑屈な声を出したからだ。

ふん、誰が泣くものか。蕗子は、顔を吉岡の胸に大きくこすりつけ、残っている泪をすっかり拭（ふ）いた。しかし、目や鼻が赤くなっていると困る。そのまま、少しじっとしていた。

吉岡が、あやすように膝を上下にゆすった。すると、何か甘やかな気分になって、また泪が出てきそうになった。

吉岡は、手のひらを蕗子の背にまわした。ちょっと撫でるように動かした。ほんのりと胸が明るくなった。お返しに、蕗子も手をのばし、顔は吉岡の胸に埋めたまま、指で彼の頬をさぐり、撫でた。父親の仕草を思い浮かべ、まねをした。あの仕草は、みるからにやさしげであった。

荒ら荒らしく、蕗子は、吉岡の膝からひきずり下ろされた。

ひきずり下ろしたのは、父親であった。父親の目つきは、蕗子をたまらなく不愉快にした。なんだ、嫉いてる、と思った。お友だちの吉岡と蕗子が仲好くしたから、父は、子供みたいに怒っている、と思い、さっきよりもっと軽蔑した。

「外へ行きなさい」

父親に命じられる前に、蕗子は背をしゃんとのばし、石灰のにおいのするアトリエを出た。あとから優子が追ってきた。

地上に出てから、また窓をのぞいてみた。

父と吉岡は、何か身ぶりをしながら話しあっている。手の動き、指の動きが、暗号めいて蕗子の目にうつる。

蕗子は立ち上がり、窓を蹴った。力をいれたつもりはないのに、ガラスは、たあいなく砕けた。

「どこへ行くの。ねえ、どこへ行くの」

優子がまつわりながら訊く。蕗子の手を握っている。蕗子は、走りながらふり払う。

優子はすばやく蕗子のスカートをつかんだ。

「いやだ」と、スカートをひっぱると、がむしゃらにかじりつく。

「いけないんだから」優子は言う。あたしを置いてきぼりにするのは、いけないことなんだよ。そんな複雑なことは喋れないから、〝いけないんだから〟と言って、母親が叱るときのように、にらむ。

蕗子は、優子の手をねじって離させた。一人で走る。少ししてふり返ると、優子は道ばたにしゃがみこんで、熱心に何か見つめている。蕗子はあと戻りした。

「なんだ。蟻じゃないの」

さ、行こう、と蕗子はうながすが、蟻に興味をそそられた優子は立とうとしない。

「行くんだってば」

「いやだ」

「おいてっちゃうよ」

「いいもん」

蕗子は優子の手をひっぱって立たせ、ひきずって行こうとする。

「いやだ」

あいている方の手で、優子は蕗子を叩いた。

「知らないからね。蕗ちゃん、ひとりで行っちゃうからね」

「いいもん」

「だめだってば。来なさい」

「いや」

父も吉岡も追ってはこない。ずいぶん遠くまで逃げてきてしまった。

蕗子は歩き出したが、優子をこんなところに置き去りにしたら、あとでどういう羽目になるかわかっているから、立ち去ってしまうわけにはいかない。ひっぱたいて泣かせれば、あとでてこずることになる。

「行こう」と、猫なで声を出す。「おもしろいものあるよ。蟻さんより、ずっとおもしろいよ」

「何?」

「いいもの」

歩き出すと、〝いいもの〟につられて、優子もついてくる。

工場の裏の空地に出る。もう、誰もいなかった。

空地は、妙にひろびろとし、積み上げられたヒューム管は、いかめしさを増した。

風が吹くたびに、白い毛の生えた荒地野菊の種子が、ふわりと空中に舞う。耳に入ると聞こえなくなると、子供たちは言っている。何となく、邪悪な意志が、原っぱにただよっている。

「聞こえなくなるんだよ、これ」蕗子が言うと、優子は、意味がわからず、ただ悪意だけを感じとったように怯えた顔をした。

ふと、目を原っぱのはずれにむけた蕗子は、躯に強いショックを受けたような気がした。

空が、凄まじい紅さであった。雲の一点から放射状に紅と黄金の光の帯がのび、雲の一部はどろどろと黒く、ほかの部分は真紅で、へりが黄金色に燿いていた。

「うわァ」と蕗子はおなかの底から嘆声をあげた。背をそらせて、空のてっぺんを仰いだ。

それから、思いついて、ころがっている段ボールの箱に入り、仰向けに寝て、手足をちぢめた。躯はすっぽり箱にはまりこみ、目にうつるのは、空ばかりであった。

空の一方は深い藍色で、それが微妙に変化しながら、夕焼けの空につづいていた。

見ていると、泪が出てきた。父親も吉岡もいないから、泪が流れるにまかせた。

視野がぼやけ、雲をつらぬく金紅色の光芒に、蕗子は、シメエルを見る。

噴火獣。寂寥そのものの野獣の眼が、蕗子を見下ろし、みつめている。紅い眼である。それは、前肢で、蕗子の両肩をおさえる。

あう、あう、と、蕗子は吠えてみる。炎を口から吐く。

「優子も」と、妹が箱のへりに手をかけてゆする。

「だめ！」蕗子は叫ぶ。噴火獣は、いなくなってしまった。

「優子も、入る」

「あっちへ行きなさい」

「いや」

「自分の箱、探しなさい」

「これ」

「だめ」

「優子も」

優子は、蕗子の顔を平手で叩いた。鼻を打たれ、痛みが頭に突きのぼった。

蕗子は、かっとして立ち上がり、箱からまたぎ出ると、力いっぱい箱を蹴った。

箱は草にひっかかってとまった。蕗子は、もう一度蹴った。優子が走ってきて、箱の中にもぐりこむ。

段ボールの箱のある場所が、裏門に通じる道路の上であるのに、蕗子は気づいた。

知らないよ。

蕗子は、草むらに寝ころがった。丈高い草が、蕗子の視界をさえぎった。

オート三輪が通るだろうな。蕗子は思った。

運転手が、よそ見をしているといいな。

タイヤが、段ボール箱を踏みつぶしてゆくといいな。

あっと蕗子は息をのむ。ひどい残忍なことを考えている自分に、ぞくっとする。

その上、とても気分がいいのだ。

わう、わう、と、蕗子は心の中で吠える。

噴火獣が再びあらわれる。紅い眼がやさしく微笑している。

蕗子は、もう一度、オート三輪を思い浮かべる。表の道路から、裏門への通路に乗り入れてくる。運転手はキャップをあみだにかぶり、煙草をくわえ、カセット・テープの歌に聞きいりながら、片手ハンドルでアクセルを踏んでいる。

タイヤが、段ボール箱のへりをくわえる。じり、じり、とつぶしてゆく。箱はゆがみはじめる。四角い箱が平行四辺形になる。

わう、わう、と、心の中で獣が吠える。

そのとき、

「危ないぞ」と、どなる声がした。

蕗子は上半身を起こした。

オート三輪よりもっと凄い、トラックが、段ボール箱の少し手前で停まり、運転席の窓から男が首を突き出し、

「どきな、どきな」と、手を振っている。

優子は箱のへりに両手をついて軀をのぞかせ、運転手を見上げていた。

「危ないよ。どきな」

蕗子が立ち上がると、男は彼女に目をとめた。

「おまえ、この子の姉ちゃんか」

蕗子はうなずいた。かわいいな、と男が優子をほめるのかもしれないと思い、優子の方へ行こうとした。

「だめじゃないか」男はどなった。「ちゃんと見てなくちゃ。あやうく轢き殺すところだったぞ。ほら、どかせろよ。車が通れねえ」

蕗子がのろのろ歩いて行くと、

「さっさとしろ」

男は、またどなった。

「出なさい」

蕗子は優子に言った。優子は箱の中からきょとんと見上げている。

「どかせろ、早く」

男の見幕に、蕗子はあわてて優子の腕をつかんでひっぱった。箱ごと優子はころび、泣き出した。

男は舌打ちし、「どけ、どけ」とせっかちにうながす。蕗子はうろたえながら箱と優子を草むらの方までひきずった。

「ここで遊ぶんじゃないぞ。事故を起こしたら、こっちの責任になるんだからな」

あとの方はひとり言の捨てぜりふのように言って、男は車を発進させ、工場に入っていった。

夕焼けは、夜に呑みつくされてしまった。

蕗子は、優子と手をつないで歩く。妹の手は、なま暖かい。

こんなに長い時間、外で遊んだのだから、もう家に戻ろうかな、と思う。

隅々まで母の目が見とおしている家。

足が、アトリエの方にむいている。父と吉岡は、まだアトリエにいるだろうか。

窓ガラスを割ったことを思い出した。叱られる。しかし、どうせ叱られるのなら、母のいないところの方がいい。

母のいないところで、父と吉岡に叱られるのは、それほどいやではない。

父は、本気で怒りはしない、と蕗子は感じている。ガラスを割ったって。さっきは怒っていた。でも、あれは父の方がみっともないのだ。

地面から生えた窓は、明るかった。アトリエに灯がともっている。ガラスの割れた窓は、ぎざぎざの破片がすっかり取りのぞかれ、四角い穴になっていた。

蕗子はかがみこんで中をのぞいた。横から優子が割りこもうとする。

アトリエには、吉岡がいた。父の姿はみえない。

石の床にも、ガラスのかけらは残っていない。父と吉岡とで始末したのだろう。

吉岡は、テーブルの前で画帖をひろげ、パステルで何か描いている。

蕗子は窓枠に手をかけ、のり出してみたが、何を描いているのかわからなかった。眼鏡をかけていても、蕗子の視力は十分に強くはない。

「よ、し、お、か、さん」

蕗子が呼ぶと、吉岡は窓の方を見上げた。怒った顔はしていないので、蕗子は手を振った。

脇腹を、優子の頭がこづいた。ぐりぐりと押して割りこんでくる。

「優子も」

力ずくで押してくる優子を、

「だめ」蕗子は横の方へ突いた。

「優子も」と、妹は蕗子を叩いた。

「喧嘩するな」

見上げたまま、吉岡が言う。黒っぽい空洞になったのどの奥がみえる。舌も見える。

「どいて」優子は、また、叩いた。

お姉ちゃんでしょ。ゆずりなさい。母の声。条件反射のように、蕗子はうしろに身をひいた。

あいた場所を優子は占領し、窓の穴に頭をつっこみ、肩までのり入れて手を振る。

「ヨ、シ、オ、カ、さん」

口調まで、蕗子をまねる。

優子は地面に膝をつき、丸い臀をたて、スカートがめくれ、泥で汚れたパンツが蕗子の目の前にある。

蕗子は、破れていない窓のガラス越しに見下ろした。

吉岡の、上瞼のくぼんだ冷たいようなやさしいような眼が、やさしいだけの表情になり、すっと細まって、優子に手を振りかえす。

急に、表情が厳しくなって、その厳しい顔を蕗子の方にむけ、「危ないじゃないか。優子ちゃんをむこうへ連れて行きなさい」と、とがめた。

蕗子は、優子の臀を突いた。

石の床に仰向けに手足をのばした優子の軀は、妙にゆがんでいる。頭が肩につきそうに直角に折れ、両手と両足は、それぞれ別の方向に、思いきりのびのびと投げ出されている。眼はあいている。黒目が瞼のかげに半ば隠れ、鼻血が流れ出ている。スカートは胸の方にめくれ、臍がみえる。

吉岡がひざまずいて両手を優子の背にまわし、ゆっくり抱き起こす。優子の頭は、かくんとうしろに垂れた。

吉岡は優子をまた床に寝かせた。それから立ち上がり、左の方へ歩いて行って、蕗子の視野から消えた。

まもなく、吉岡は、蕗子の隣にいた。

蕗子は立ち上がったが、吉岡は、蕗子の倍も背丈がありのしかかってくるようにみえた。

「何で、あんなことを」

「吉岡さんの背中に、何かいるよ」

「え？」吉岡はふりかえった。

あの絵の男は吉岡に似ていると、いま、蕗子は気がついていた。

吉岡は蕗子の手首を握り、歩き出す。

「どこへ行くの」

「電話をかけてくる」

「お母さん、よんじゃだめ」

蕗子は、躯が慄(ふる)えだすのを感じた。

「よんじゃ、だめ」

吉岡は黙って表通りの方へ蕗子の手をつかんで歩いて行く。路地の角に公衆電話のボックスがある。

吉岡は立ち止まり、蕗子とむきあって両肩に手をかけ、少し腰をかがめて顔を蕗子と同じ高さにした。

「優子ちゃんは、躯をのりだしすぎて、落ちたんだ。蕗ちゃんは、この辺にいて、優子ちゃんが窓から躯をのり出して中をのぞいているのを知らなかった。いいね」

「あたし、知ってた」

蕗子は、少し驚いて、嘘を言う吉岡を見た。

「知らなかったんだ。いいかい。蕗ちゃんは、何も知らない」

何も知らなかったら、どんなにいいかと、蕗子は思う。それと同時に、吉岡さんは、嘘をついている……と、何だか、吉岡が優子を突き落とさせたような気がしてきた。あたしたちは、いっしょに、優子を突き落としたんだ。蕗子は、にやっと吉岡に笑いかけた。


「あなたが殺したのも同じだわ」

母親は毛布でくるんだ優子を膝にのせている。取調べの警官が悔みを言って帰っていってから、同じ言葉を何度も父親にくり返している。

「どうして、窓をすぐにふさいでおかなかったのよ。ベニヤ板でも何でも打ちつけておきさえすれば……」

「寝かせろよ」

父親が低い声で言う。眼を泣き腫らしている。

六畳に優子の蒲団を敷き、枕もとに線香をたててある。

「ぼくが、優子ちゃんがのぞいているのに気がつくのがおそくて……」吉岡が首を垂れて言う。

「早くとめればよかったのだけれど」

「蒲団に寝かせろよ」父親が言う。

蕗子は、ダイニング・キチンの椅子に腰かけている。自分から離れたところで、お芝居が演じられているみたいだ。蕗子の出演していないお芝居だ。

「秀ちゃん、あたし、あなたを絶対許さないわよ」母親が父親に言う。

「登志子さん、貝沢さんばかり責めないでほしい。窓をすぐにふさがなかったのは、ぼくも同罪だし、優子ちゃんがのぞいているのを、とめるのがまにあわなかったぼくが……」

「一番悪いっていうの。それじゃ、何とかしてちょうだいよ。こんな酷いことってある。優子を、何とかしてちょうだいよ」

「くだらないことを言うな」父親がとめる。

「くだらないですって。くだらないですって……」

「気にするなよ。気がたっているんだから」

父親は吉岡に言い、立って、台所からブランデーのびんとグラスを持ってくる。つごうとすると、母親はびんを奪いとって畳にたたきつけた。割れはしなかったが、中みが流れ出し、部屋じゅう酒くさくなった。

来客に、争いは中断された。知らせを受けた母方の祖母と彩子伯母が、前後してかけつけてきたのである。

祖母は泣きくずれ、母親の膝から優子を受けとって抱きしめ、何ということだろう、私がかわってやりたかったよ、と身を揉む。

父親が、あらためて事情を説明している。

何といっても、窓をすぐ修理しておかなかったぼくが悪いんです。

蕗子はよくもまあ、平気な顔をしていられるねえ。

祖母にふいに名ざされ、蕗子は椅子の上で軀をかたくする。

窓ガラスを割ったのは、そもそも蕗子なんだろう。それに、優子が危ないことをしようとしたら、まず、お姉ちゃんがとめてやらなくてはだめじゃないか。蕗子はいったい、何をしていたんだね。

おばあちゃん、蕗ちゃんはそっとしておいてやりましょう。蕗ちゃんにしても、ひどいショックだと思います。

吉岡は知っている。本当のことを知っている。それなのに、平気で嘘をついている、と、蕗子は思う。

母親も、もしかすると、わかってしまうかもしれない。母親は、蕗子の秘密をことごとくあばきたてる人だ。

母親が、突然、奇妙な声で笑い出す。

あたしだって、この子がいなければ、と思ったことが、何度もあるんだわ。邪魔だ、邪魔だと思ったわ。子供のおかげで、私がすりへらされてゆく、私が食いつぶされてゆく、そう思うことがあったわ。罰があたったんだわ。だからといって、こんな……。

母親も、優子が邪魔だったのか、と、蕗子は最大の味方を得たような思いを持ち、おずおずと、母親に笑顔をむけた。とたんに、母親は癇走った顔になって、つかつかと歩み寄ると、蕗子の頰を打った。

やっぱり、お母さんはわかっている……。蕗子は、甲羅のなかに入りこむ亀のように頭を両手でかばい、つっ伏した。遠足のプリントをまだ母親にみせてなかった、と、ちらと思った。

遠足の日が、優子の三七日にあたった。蕗子は、遠足を休めた。

この三週間ほどのあいだに、蕗子は、優子のいない状態に馴れた。前から、優子などという子はいなかったような感じにもなった。

母親はほとんど蒲団に横になっていて、父親が食事の仕度をした。蕗子は、いそいそと手伝った。

〈味は、こんなものかな〉

〈もう少し、お砂糖をいれた方がいいよ〉

父親はアトリエに行かないらしく、蕗子が学校から戻ってくると、いつも家にいた。

吉岡に会うことはなかった。万事がうまくいくように、蕗子は思う。
アトリエの石の床に仰向けに投げ出された優子の顔を思い出すと、たまらなく怖ろしいが、棺のなかで花に埋もれていた優子のきれいな顔が、その怖ろしさを消した。棺は、すきまのないほど花をぎっしり詰め、そのあいだからのぞく顔は、お祭りのときのように化粧してあった。かわいい、きれいだ、と、みんながほめながら泣いた。葬式のときは吉岡もいて、蕗子は、顔をあわさないようにしながら、いつ、彼が指をつきつけ、蕗子が突き落とした、と叫ばないものでもないと、怯えていたのだった。あたしじゃないもの、と、蕗子は吉岡に言いたかった。あたし、わざとしたんじゃないもの。

しかし、一方で、あたしがやったんだよ、突き落としてやったんだよ、ああ、いい気持、と心の中で哄笑する声がして、ちがうよ、知らないよ、と、泣きそうな声が抗う。

二つの声が争いはじめると、蕗子はくたくたに疲れた。

優子の臀を突く。何とあっけなかったことか。ふわりと、ゴム風船のような手応え。

三七日の法事には、父と母と三人でタクシーに乗り、寺に行った。タクシーのなかで、蕗子は酔った。あのせいだ、と、吐き気をこらえながら怯えた。あんなことをしたから、死ぬのかもしれない。鳥肌がたち、目がくらんだ。気分が悪いのを父と母にさとられぬよう、蕗子は顔を窓の方にむけ、額を窓ガラスに押しつけていた。吐き気がするとわかったら、母親に、あのことまでさとられてしまう。

「どうした。酔ったのか」

父に言われ、蕗子は歯を嚙みしめて首を振った。

もしかしたら、ひどい病気なのかもしれない。あのせいで、死ぬのかもしれない。

寺の門の前でタクシーは停まり、下りたとたんに、蕗子はしゃがみこんで吐いた。

「なんだ、やっぱり酔ったのか」

父親がハンカチで蕗子の口を拭いた。

吐いてしまうと、気分がよくなった。

「服を汚してしまって」

母親が眉をひそめた。父親は、吐物で濡れた蕗子のスカートを、ハンカチでこすった。

寺には親戚の人たちが集まって賑やかだった。吉岡もいた。蕗子は、大きなしみのついたスカートを吉岡の眼からかくそうとした。目にとまれば、あのせいだ、と、吉岡に指摘されると思った。

吉岡は、母に告げるだろうか。母の激怒の凄まじさを、蕗子は思った。ずっと小さかったころ、蕗子が泣きわめいてだだをこねると、母親は眼の吊り上がった顔になり、蕗子を抱えた腕を窓の外に突き出し、黙りなさい、すぐに泣きやまないと、下に放り出すよ、とどなった。はるか下の方に地面があった。必死にこらえても、しゃっくりと同じように、どうしても泣き声を止めることができないのだった。

優子も、同じ目にあうことがあった。しかし、そのときは蕗子はもう大きくなっていたので、単なるおどかしで、本当に母が優子を落とすわけはないと、承知してたかをくっていた。優子はおびえて、ひきつった声で泣いた。泣きやみなさい。――むりだよな、と、蕗子は思うのだった。泣き出すと、そう簡単には、自分でも止められないんだ、と、そのときは優子に同情したのだった。

しかし、あのことを知ったら、母は、わたしをアトリエの窓から突き落とすかもしれない。決して許さない。許すはずがない。

寺の本堂で儀式が行なわれるあいだ、吉岡は人目に立たない隅の方に坐って(すわ)いた。蕗子は、彼の視線を感じた。軀(からだ)は動かさず、そっと目だけ彼の方にむけると、吉岡は下をむいていたり眼を閉じていたりした。

法事のあと、全員で食事をし、急に淋(さび)しく三人になってアパートに帰った。

ダイニング・キチンの椅子に腰かけ、母親はテーブルの上に顔を伏せた。父親はしばらく所在なげにしていたが、テレビのスイッチをつけた。

「こんなときに、テレビなんて」母親は叫び、荒ら荒らしくテレビを消した。一瞬明るく輝いた画面が、すっと灰色になった。

「どうして、テレビなんかつけるのよ」

「習慣で、つい、やったんだ」

「テレビなんて見る気になれるの、男の人って」

「見たかったわけじゃない」

「だって、つけたじゃないの」

「みんなで、黙りこんで陰気にしていてもしかたないだろう。いつまでもくよくよしていたら、蕗子まで暗い子になる」

「もともと、じめじめした子だわよ、蕗は」

「そんな言いかたは、よせ」

母親は口をつぐんだが、すぐにまた腹にすえかねるように、

「テレビなんて」と、くり返した。「男親なんて、そんなものなの？　男は、いつでも子供を断ち切れるのね。女はそうじゃないわ。ああ、このつらさ、あなたにわからせてやりたい。自分が死んだほうがましだって、あなた、わかる？　わからないでしょう。わからないでしょう」

母親は、顔をテーブルに伏せたまま、拳（こぶし）でテーブルを叩（たた）いた。「わからないでしょう。わからないでしょう」

蕗子は、鏡台の前に行き、一番上の浅い抽出しを開けた。口紅が二本と鉛筆型の眉墨が並んでいる。口紅を一本とりキャップを開け、唇に塗った。

優子の化粧は、祖母がした。泣きながら唇に塗ってやっていた。小さいので、ほんのひと塗りですんだのだった。

抽出しを閉め、ズック靴を履いて外に出た。階段を下りると、踏板がきしんだ音をたてた。

死にたくないな、と思った。

優子にかかわりがある場所には行きたくないのに、ほかに行く所を思いつけなくて、歩いているうちにヒューム管工場の裏の空地に出た。

誰もいなかった。夕焼けは見られなかった。空が曇っていて、太陽がどのあたりにあるのかもはっきりしない。もう沈んだのだろうか。

靴の裏が何かを踏みつけた。草むらの中のそれは、猫の死骸だった。工場に出入りする車が轢き殺し、草むらに投げ捨てたものらしい。

腹がつぶれていた。蕗子は悲鳴をあげて走り出した。

蕗子は、吉岡の住まいを、場所は知っていたが、これまで訪ねたことはなかった。

アトリエに行けば会えたからだ。

　表通りからちょっと入った肉屋の二階の一部屋を、吉岡は借りていた。店の裏の外階段をあがると、二階に貸室が三つ並んでいる。

　吉岡の部屋は灯りが消えていた。蕗子はがっかりした。思いついて、隣のドアを叩いた。

「誰？」とドアが細く開き、寝巻の上にガウンをひっかけた、病人のような中年の女が顔を少しのぞかせた。

「すみません。紙と、何か書くもの貸してください」

「あんた、どこの子？」

「隣の吉岡さんに用事なんだけど、いないんです」

「置き手紙したいの？　用事なら、ことづかってあげようか」

「いいです。紙に書きます」

「ちょっと待って」と女はひっこみ、すぐに裏に印刷してない折りこみ広告の紙とボールペンを持ってきた。

『大バーゲン！』と大きく記したザラ紙の裏に、蕗子は、『よしおかさん、アトリエにきてください。蕗子』と書いた。四つに折って、吉岡のドアのすきまにはさもうとしたが、うまくはさめないので、細長く折りなおし、把手に結びつけた。

「ありがとう」と言って、女にボールペンをかえした。
死にたくないな、と蕗子は思う。
それでも、アトリエの前まできた。アトリエは暗かった。蕗子が割ったガラス窓は、ボール紙が貼りつけてある。上と下を四個ずつの鋲(びょう)でとめ、縦も、二個ずつ鋲をうってある。
もしガラスをはめなおしてあれば、また割ればいいと思ってきたのだが、まだ応急
処置のままだった。
鋲の頭とボール紙のあいだに爪をさしこんではがしにかかった。たやすく抜けるの
もあれば、てこずるのもあった。
ゆっくり、ていねいに、蕗子は鋲を抜いた。一つずつ、隣の窓枠に突き刺した。十
二個めの鋲を抜き、ボール紙をとりのけた。下をのぞいた。とても、できない、と思
った。でも吉岡が見ていてくれれば、できる。本当は、吉岡に突き落としてほしいの
だが、どう考えてもそれは無理なので、あきらめた。せめて、見ていてほしい。
吉岡があらわれるのを、蕗子は待った。蕗子は、ただ、待った。
長い時間が、ゆっくりと過ぎた。
あまりおそくなると、父や母が蕗子の不在に気がつき探しにくる。父と母にかかわ
られたくない。あらわれるのが父か母だったら、計画はのばさなくてはならない。た

だ、吉岡にだけ、見てほしい。

　やがて、足音がきこえた。

＊

「行きませんか」吉岡が父に声をかける。

「そうだな」父は言うが、動こうとはしない。

「名古屋の仕事は、どのくらいかかるんですか」

「予定は三箇月。少しきついんだが、そのあと、札幌のやつがあるから」

「このところ、急にいそがしくなりましたね」

「きみの方は？」

「璐ちゃんは……」と、吉岡が唐突に言いかけ、

「璐子は、なぜ」と、父がかぶせた。それから、「きみは、タフだなあ」とつづけた。

「二度、目の前で見て、ノイローゼにも」

「他人の子だから」と、吉岡は虚勢をはったもの言いをした。「どっちも、まにあわなかった……」

　それから父と吉岡は、まるで見知らぬ他人同士のように、少し離れて歩き出した。

その背中を、わたしは見送る。
助けて、吉岡さん。お父さん。わたしを助けて。
あのとき、言うことを知らなかった言葉を、遅すぎる言葉を、そっと呟いてみる。
地ひびきをたてて、鉄球がコンクリートの壁を打ち砕く。

※タイトルはボオドレエルより。

舟唄

どぶ板の隙間からたちのぼる湯気に、誰が棄てたのか梔子の葩が煮びたした菜のような色あいで萎れている。

濡れた髪をタオルで巻き上げ銭湯から出てくる女たちの誰もが、声高に、

「あのひとがねえ」

「おとなしそうな顔をしていて、思いきったことをするわね」

「あら、あのひと、おとなしいもんですか。冷たいんだわよォ。きっと、本当は意地の悪いひとなのよ。道ばたで、うちの子がころんだとき、あのひとが、すぐ傍にいたの。抱き起こすどころか、石ころ見るみたいな目つきで、突っ立って見下ろしていたものね。あとから走ってきたあたしと目があったら、とたんにお愛想笑いなんだから」

「親切だったわよ、彼女。うちのおばあちゃん、お風呂屋で、いつも背中流してもらって喜んでた」

「おお、いやだ。人殺しに背中流してもらって、あんたのおばあちゃん、長生きするよォ」

「せっかくいい縁談がきまったっていうのに、何だって、あんなばかなまね」

「わかってるじゃない。三角関係」

「関係あったの、あのひと？　洗濯屋のひとと」

「なかったら、どうして灰皿ぶつけて殺したりするのよ。彼女結婚するってきいて、洗濯屋、頭にきたんだよ。かっかっかァって。ね、洗濯屋、せまる。彼女、逃げる。逃げながら、灰皿投げる」

「灰皿ぐらいで、死ぬ？　あの洗濯屋、けっこう体格よかったよ」

「南部鉄(なんぶてつ)の、こんなごついやつだってもの。倒れたところを、めった打ち」

「詳しいのね、あんた」

「正当防衛にならない、そういうの？」

「テレビドラマみたいね。だけど怖いねえ。本当にそんなことやる人が近くにいたなんて」

口々に噂する有崎千代(ありさきちよ)の働いていた『リリー洋裁店』は、昼日中(ひるひなか)、ガラス戸を閉ざし、その戸の内側にはカーテンがひかれ、把手(とって)にさげた『本日休業』の札を、湯上がりの女に手をひかれた子供が指先ではじいた。

「さわるんじゃないよッ」

皮膚病の犬に手を出しでもしたように、女は甲高い声をあげる。

「リリーのマダム、今日も警察に呼ばれてるって」

「晩にでも、寄ってみようか。帰っていたら、話きけるかもしれない」

洋裁店は、銭湯とは一軒おいて並びであった。

この一帯、駅前のマーケットは、敗戦直後の闇市がそのまま定着したもので、細い路地が迷路さながらに交錯し、掘立小屋のような店がぎっしりと軒をかわしあっている。整然としたアーケード街に作り直すには、マッチ箱のような店々の利害関係が複雑すぎた。今のままでもけっこう客は呼べる、安くて品(しな)の良いのがこの市場の取得(とりえ)、なまじ改築などしたら、売値にはね返り、かえって客足が遠のくと主張する店主も多かった。敗戦時、PXの横流しのハーシー・チョコレートや洋モクを扱っていた店は、今は輸入食品を並べているが、薄汚ない店内は昔のまま、それでもデパートと同じ品物が二割がた安い。

『リリー洋裁店』はマーケットのはずれにあり、三十年のあいだに何度か代は変わったが、洋裁店であることは一貫していた。

近所のクリーニング屋の若い店員を、南部鉄の灰皿で殴打して死に至らしめ、拘置されている有崎千代は、二十数年の年月を、この店の縫子(ぬいこ)としてとおしてきた。腕はいいのだが、独立して店を持つ野心はないらしく、店の持主が変わるときは、有崎千代も居抜きの家具同様、新しい主人に仕えるようになるのだった。

この土地の生まれである。マーケットのある商店街から一歩入ると、住宅地になる。住人は官吏やサラリーマンが多く、有崎千代の父親も、戦前、区役所につとめていた。戦争末期、父親は出征し、駅の近辺の家は強制疎開を命じられ、建物はとりこわされた。母親と、千代を長女とする三人の子供は、一時田舎にひっこんだが戦後帰京して、もとの借地にバラックを建てた。父親は戦死し、母親がしばらくマーケットで働いていたが、やがて、リューマチで寝こんだ。千代は学校を中退し、最初マーケット内の揚げ物屋で働き、それから洋裁店の縫子にやとわれた。弟妹の世話に明け暮れているうちに母親も死亡し、婚期を逸した千代に、最近になって縁談がもちこまれた。二十以上年がちがうことも、相手が再婚であることも、問題にはならないだろうと仲介者は言った。幾つかの会社の役員や相談役の肩書を持ち、経済的には何の不自由もない、子供もいない、玉の輿だというのであった。仲立ちをしたのは、証券会社のセールスマンである。洋裁店の女主人は、株の売買に手を出していた。

これまでにも、縁談がなかったわけではない。年の釣合もよく、もちろん初婚で、というような相手との話があるころは、千代の方が、弟妹の世話、病気がちの母親の看病と、とても結婚どころではなかった。ようやく、自分の身のふり方を考えられるようになったころには、持ちこまれる話は、後妻、それも先方に小さい子供がいて、というようなものが多くなり、そうなると、今さら気苦労をするのがいやなのか、千代の方でことわった。

その程度の事情は、千代の事件を担当した国選弁護人木村孝也も、すぐ調べがついた。以前から知っていた事柄も多い。数多い依頼書の中から、木村が有崎千代の事件に関心を持ち、積極的に弁護をひき受けたのは、幼馴染み、小学校の同級生であることに気づいたからである。

通学区域がいっしょだった。小学校を卒業してからは、中学校と女学校に分かれ、ほどなく敗戦、学制は新制にきりかわった。

小学校のころも、特に親しくしていたわけではないので、名前を見ただけでは思い出さなかった。住所が、彼が子供のころ過ごした土地であり、年齢が同じというところから、次第に記憶がたぐり出されてきたのである。千代は目立たない生徒だったが、図画の時間に、ときおり、特異な色彩の絵を描いたのが記憶に残っていた。

拘置所に面会にむかう途中、彼は、リリー洋裁店に立ち寄ってみた。ちょうど道筋にあたっていたのである。店は閉まっていたが、彼が来意を告げると、派手な顔だちのマダムは、彼を奥に招じ入れた。

「開けておくと、近所の人が話しこみにきて、うるさくてしようがないんですよ」と言いながら、彼が質問するまでもなく、声色まじりで、セールスマンが話をもってきたときの模様を再現した。

いい話ですよ、とセールスマンは掘出し物の株をすすめるようにマダムに言った。こんなの、ざらにはないですよ。マダムだって、いい口があったら世話してやってって、よくぼくに言うからさ、それでぼくも心がけていたんですよ。あちら、ぼくの上顧客(とくい)さんでね。有崎さんだって、これが最後のチャンスじゃないですか。

千代ちゃんにやめられると、うちも困るんだけどね。近ごろ、いいお針子さんは少ないのよ。ちょっと洋裁をかじると、みんなファッション・デザイナーきどりなんだからね。でも、うちのかってで、千代ちゃんを縛りつけておくわけにもいかないしね。

そうですよ、マダム。有崎さんだって、そろそろ、いいめぐりあわせになってもいいころですよ。苦労のしっ放しだったもの。

うちでこき使ったみたいな言い方はしないでよ。

いやあ、誤解されちゃ困るな。ずっと、うちの人の犠牲だったってことですよ、ぼくの言ってるのは。今だって、弟さんの家族と同居、いわば、居候でしょ。

ほんと、気がいいっていうのか、ここで一日仕事して、うちに帰れば帰ったでまた、弟の子供の面倒をすっかりみさせられているんだから。まあ、倖(しあわ)せになってくれれば、あたしも嬉しいんだけどね。だけど、あちらさん、深尾さんていったわね、ずいぶん立派な方なんでしょ、それが、千代ちゃんみたいな、バックのない人でいいの？　高校だって中退よ。千代ちゃんの取得といったら、初婚ていうことぐらいじゃないの。ひょっとしたら、ヴァージンかもよ。でも、あの年で男を知らないなんて、自慢にもならないしね。こまめに働くだろうってことは、あたしも保証するけれどね。

あちらさんとしては、ですね、あんまりたいそうな家柄のひとでは、うっとうしいらしいですよ。奥方のお里に気をつかうようなんじゃ、いやなんですね。そして、いくら何でも、二十やそこらのお嬢さんを後妻にってわけにはいかないでしょう。そうかといって、いわゆるハイミスってやつでは、お高いばかりで家事などろくにできない。未亡人なら、家庭の切りまわしには馴れているだろうが、子持では困る。水商売のひとは好まない。むずかしいんですよ、なかなか。有崎さんのような境遇の人なら、うってつけ。有崎さんの方でも、拾い上げてもらってありがたいと恩に着て、旦那さんを大事にするだろうと……。

「あたし、ちょっと腹がたちましたよ」と、マダムは木村に言った。「ね、先生、男の人の本音って、そんなものですかね。だから、あたし、千代ちゃんにも、いやならいやって、はっきり言ってやりなさいよって言ったんですよ。最初から、恩に着ろだの、拾い上げてやるだの。でも千代ちゃんにしてみれば、自分の巣が欲しかったでしょうしね。洗濯屋の雄ちゃんというのは、この辺をまわっている御用聞きで、でも、千代ちゃんとどうこうあったなんて、知りませんでしたねえ」

＊

ぼくを、おぼえていませんか。

拘置所の面会室で、木村は訊こうとして、思いとどまった。残酷なことだと気づいたのである。

「もし違っていましたら失礼ですけれど」有崎千代の方が言った。悪びれた様子はなかった。

「先生、＊＊小学校の御出身ではないでしょうか」

「それでは……」と、木村は、いまはじめて気がついたように、とりつくろった。

「あなたは、やはり、あの有崎さんでしたか。ひょっとしたらと思ったんだが」

有崎千代は、微笑をかえした。

「お世話になります」

「できるだけ、やってみましょう」と言いながら、木村は、相手が青白くやつれてはいるけれど、とり乱したところのないのに意外な気がした。

「ここに来る前に供述書に目をとおしたんですがね。それによると、被害者の森本雄吉(もりもとゆうきち)さんとあなたは、以前から関係があった。あなたが深尾進介(しんすけ)氏と結婚することになったので、森本さんは、あなたを詰(なじ)りに、洋裁店に来た。マダムは留守で、店にはあなた一人だった。森本さんは、ダイニング・キチンにあがりこみ、あなたに結婚を中止するよう迫った。あなたが承知しないので、暴力を振るおうとした。あなたは手近にあった灰皿で、森本さんを殴殺した、ということだが、まちがいありませんね」

有崎千代は、子供に難問を突きつけられた母親のような笑顔をみせた。

「正当防衛とするのは、むずかしいんですよ。むこうが先に暴力を振るったといっても、兇器(きょうき)を持って脅したわけではない。しかも、最初の一撃で相手は戦闘力を失っているのに、更に殴打して死に至らしめた、というふうになっていますね。実際には、どういう情況だったのですか。口論からはじまって、それが激しくなり、森本があなたに襲いかかり、首をしめようとしたというような？」

「キムちゃん、紙芝居をいっしょに見たの、おぼえていらっしゃいます？」有崎千代は、微笑を消さずに言った。

「紙芝居？」木村は、頓狂(とんきょう)な声になった。「ぼくは、紙芝居というやつは、一度も見たことがない。親と教師の禁止令を、馬鹿正直に守っていたものだから。今度の事件に、紙芝居が何か関係があるんですか」

「いいえ……。木村さんは、きちんとしたおうちの坊ちゃんだったから、紙芝居を見せてもらえないのは知っていましたけれど、でも、一度だけ、ごらんになったわ。私といっしょに」

「おぼえていないなあ。面会時間が短いからね、昔話はまたにして、弁護の打ちあわせをしましょう」

「とても怖い絵でした。私、その夜、うなされて泣いたほどでしたわ。本当におぼえていらっしゃらない？」

「このごろの漫画ほどどぎつかあないでしょう。それで、事件のことですが」

「いいえ、あのころの紙芝居の方が、よほど、どぎつかったわ。でも、たいしたことじゃないんですね、きっと。私、ものの感じ方が、少しおかしいらしいんです。だから、あの雄ちゃんのことも、自分では、こうと成行きがわかっているつもりなんですけれど、もしかしたら、本当はまるで違っているのかもしれなくて、供述書の方が正しいのかもしれないんです」

「あなたの言うことは、よくわからないな。供述書というのは、あなたが喋ったことを記録したものなんですよ。何か、強制的に、事実と違うことを認めさせられたんですか」

「たとえば、紙芝居でもね、あの怖い絵を、たしかに木村さんといっしょに見たと、私は思いこんでいたのに、あなたに否定されると、とてもあやふやになってしまう」

有崎千代の表情から微笑が薄れた。

「私ね、あやふやなことだらけで……」

「あやふやというのは？」

犯行時、心神耗弱状態だったというふうに、話をもっていきたいのだろうかと、木村は思ったが、千代は、また話題を急に変えた。

「木村さん、あの駅の地下道、怖くありませんでした？」

「地下道って？」

「南口と北口を繋ぐ地下道、ありましたでしょ」

「ああ、あれ。埋められてしまったでしょう、戦後しばらくしてから。浮浪者が棲みついたりして不潔だというので」

「あそこ、怖くありませんでした？」

「べつに。そういえば、くさくて汚なかったな。さあ、本題に戻りましょう。追憶はあとまわしだ。あなたと被害者の関係は、どういうふうだったんですか」

*

追憶というような、暖かいやさしみのあるものではなかった。子供のころ、入口に立って中を見下ろすと、闇は底知れず深かった。あの闇の深さ怖ろしさを、〃べつに〃と、あっさり否定されてしまうと、千代は、過去の時の堆積が、ぼうっとりんかくが溶けてとりとめもなく流れ消えてゆくようだ。

紙芝居で見たどぎつい一枚の絵。あれまで否定されたら、わたしは、足もとの地面がなくなって、靄の中に宙吊りにされているようなものだ。

泥絵具をべったり塗りつけた画面は、一面蒼黒かった。それは、河なのだが、木の枠にふちどられた黒い洞窟のようにもみえた。よどんだ水は、ごくゆるやかに流れ、目をこらすと、黒い河の面に、さらに黒いものがあって、小舟と、それをあやつる人の姿だとわかる。幼い千代を怯えさせたのは、黒いマントをすっぽりかぶったその漕手の、頭巾の下からのぞいているのが肉の落ちた髑髏だったことで、大人になってから思いかえせば、こっけいなくらい稚拙なこけおどしの絵ではあったのだ。舟は舳先を画面の奥にむけ、だから漕手は背を見せているのだが、軀をねじって顔だけ正面をむき、そのうつろな眼窩は、ぴたりとこちらをみつめているのだった。

どのような物語だったのか記憶になく、紙芝居屋の説明をきいたおぼえもないのに、その河が、この世と冥府をつなぐアケロン、日本風にいうなら三途の川、渡し守の中世の死神めいた様子から、おそらく前者であろうと、いつのまにかわかっていた。書物から得たギリシャ神話の知識と、あの陰鬱な絵が、頭の中で結びついたのかもしれない。

地下道の闇の底を見下ろすたびに、千代は、重くねばりつく水音と、ぎいっ、ぎいっときしむ櫓の音をたしかに聞いた。

駅の北側に住む千代が南側に用があるときは、いやでもこの地下道をくぐり抜けねばならず、何百メートルか遠まわりすれば、踏切りを渡る道もあるのだが、明るい踏切りの道は、そのとき意識からぬけ落ちる。

階段を下りて行けば、黒い河が流れ、黒い小舟が待ち受け、河一つへだてた向う岸は闇の中に沈んでいるが、そのゆきつく先が、なぜか、燦々と明るい花野のような気がする。

ほんの三十秒もあれば通りぬけられる地下道の底に下り立ち、向う側に上る階段の下まで行きつくと、もう外界の薄明りが射しこみ、怖さに追いたてられるように階段を駆け上がった目に、にぎやかな商店街がとびこんでくる。八百屋、菓子屋、古本屋、今川焼を売る店では、手拭いをかぶった小母さんが、どろどろに溶いたメリケン粉を、熱い鉄板に垂らしていた。

「あなたと森本雄吉さんの関係は、どういうふうだったんですか。森本雄吉さんは、

二十八、あなたよりだいぶ若いね。結婚の約束までしていたんですか」

「はい」と有崎千代はうなずいたが、どこか放心したような表情だった。

一つのことがあいまいになれば、すべての記憶があいまいに溶けてしまう。心の奥の冷たい暗い場所に堅牢に構築されていたものが……。

空襲がはげしくなり、強制疎開で東京を離れた千代の一家が、敗戦後二箇月たって帰ってきたとき、駅前の店がとりこわされた跡の広場は闇市になっていた。

駅舎は戦災をまぬがれ、一時防空壕がわりに使われた地下道も、そのまま残って、浮浪者が棲みついていた。

突き出したコンクリートの壁一つへだてて、雑踏と喧騒の広場があった。

やがて、闇市が少しずつ秩序のある市場に変貌していくにつれ、地下道の住人もときどき顔ぶれをかえながら数を減じた。

二人が残った。

一人は、四十か五十か、坊主頭の少しのびかけた髪が胡麻塩で、ずんぐりした小男だった。太い下がり眉に団栗眼の顔は柔和だが、もし怒らせたら、あの太い眉尻が吊り上がり、目をむき、赤く濡れた厚ぼったい唇が思いきり大きく開き、どんな怖ろしい形相になるかと思わせるところがあった。

その坊主頭は、浮浪者ではなかった。千代も顔見知りの、近所の髪結いの夫だったのである。電気器具でパーマネント・ウエーヴをかける美容院も、少しずつ店開きしはじめていたが、その髪結いは、昔ながらの鏝を使い、電髪はいやだという、今風になじまない人たちに重宝がられて、繁盛していた。

ほんとに人聞きが悪くて、と髪結いはこぼすのだが、坊主頭は、ぼろぼろの袷に、女物のしごきの、これもぼろ布同然にすりきれたのを締め、膝のあたりまでしかない着物の裾から褌のはしが垂れてのぞくという風態で、市場で煙草の吸殻を拾い、地下道に居坐っていた。時たま気が向くと家に立ち戻るが、一日と居つかず、また地下道に舞い戻ってくる。髪結いは、あきらめているのか、別れもせず、帰ってくれば腹いっぱい食べさせ、出ていくのを引きとめもしない。

そのころ、千代はもう高校を中退し、マーケットの揚げ物屋で働いていた。

地下道に居ついたもう一人は、唖者で、年が幾つくらいなのかも、男か女かも、千代にはよくわからないのだった。

千代にわかるのは、仕事があがり、家に帰るまでの慌ただしい一刻、コロッケの包みを持って地下道に行き、唖者と並んで階段に腰かけていると、奇妙に心が安らぎ、しかも心がさわぎたつということだけだ。

坊主頭をダルマ、唖者をウサギと、千代はひそかに呼んだ。彼女だけにわかる符号であった。ウサギという呼び名は、必ずしもふさわしくはなかったが、色素の薄い髪や目が、それを連想させたのだ。

なぜか、その唖者を不潔とも薄気味悪いとも、千代は思わなかった。ウサギの肌は垢じみてはいなかった。銭湯に行く様子はないから、終電車が出たあと、人影のたえた深夜のプラットフォームの水道で、軀を洗うのだろう。

市場で、千代は売れ残りの野菜や小魚を格安にわけてもらうのだが、地下道に寄るときは、それを、九時ごろまで店を開けている洋裁店にあずけた。ダルマは、千代の持っている食物を遠慮なくとりあげて食べてしまうからだ。生の大根でも生魚でも、容赦なかった。

油の滲んだ新聞紙をひろげると、少しつぶれたコロッケは、まだぬくもりを残している。千代はそれをウサギにだけ食べてほしいのだが、当然な顔でダルマも晩餐に加わり、食べ終わったあとで、ダルマは新聞紙に散った衣の屑を肉の厚い手のひらに集め、舐めた。それから油で光る新聞のきれはしの記事に目をとおし、ぶつぶつ声を出して読む。

マーケットでも家でも、千代は、きりきり働いた。リューマチで寝こんだ母親の世話。弟妹の食事の仕度やかたづけ。繕いもの。洗濯。微笑が口もとに貼りついていた。客にも家族にも、せいいっぱい愛想のいい声で応対した。それがあたりまえの状態と、客にも家族にも思いこまれ、ほんの少し黙りこみ、あるいは笑顔を消すと、よほど不機嫌なのかと勘ちがいされ、相手も露骨に不愉快そうになる。そんなに仏頂面をするのなら、何もしてくれなくていい、うっちゃっといてくれればいいのだと、母親は顔の上まで掛蒲団をひきずりあげて涙声を出し、弟はおろおろ姉の顔色をうかがう。妹は、自分にだって言いたいことは山ほどあるのに我慢しているのだと、あてつけがましく、そのときばかりはまめまめしく母親の世話を焼き、姉にはつんけんした顔をみせる。千代が気のいい笑顔でこまめに働いていれば、日常はおだやかに流れた。

ウサギは、千代が疲れきった顔で黙りこくっていようと、肩に頭をもたせかけてその日のできごとを話そうと、ほとんど反応は示さなかった。疲れた顔をしているからといって、同情したり慰めたりする様子はみせず、千代の話をむりに理解しようとつとめもせず、千代が立ち去るときは、ほんのちょっと目顔でうなずいた。

千代も、ウサギを理解する必要はなかった。ウサギは、千代にそれを求めはしなかったのだ。暖かい快い椅子に深々と腰かけて、放心した時を過ごすように、千代は、何を考えているのかわからない、男か女かもはっきりしない人間の傍に腰かけ、その痩せた軀にもたれていた。

小さな遊びが生まれた。千代は手のひらをウサギの手のひらにあわせる。コンクリートの冷たさが腿の裏から背を這いのぼる。やがて、ぴったりあわせた二人の手のひらは、ゆるやかに左右に揺れはじめ、奇妙な昏迷に千代を陥しこむ。眼を閉じて、手のひらが揺れるのにまかせていると、軀もゆらりゆらりと揺れ、思考力が溶けて流れだす。ウサギの指が触れている指の先端の感触のみが熱く鮮明で、軀が静かに消え、指先に凝縮した意識だけが残る。

ウサギは女だと、千代は思いたい。いや、それよりむしろ、性を持たないものと、思いたい。男は怖ろしく、女はうとましい。

それでも、手のひらをあわせ、波に漂っているうちに、何かはしゃぎたちたいような力が軀の中にこもってきて、千代は理由のわからない苛だちにとりつかれる。外からゆっくりとゆすられていた軀の中に熱いけものがうずくまり、それが立ち上がり、軀を内部から激しく揺りたてようとする。

しかし、いつも、途中で邪魔が入る。ダルマが割りこんでくるのだった。ダルマは、紅く濡れた唇をひらき、厚ぼったい舌をのぞかせて笑いながら、二人の肩をうしろから両腕で抱きこむようにして、荒っぽく、いっしょに軀をゆさぶりはじめる。

すると、千代は瞬時に我に返り、太い腕と、首筋にかかる息から逃れたいと思いながら、ダルマを突き放すのが怖い。自分の方が闖入者なのだという思いがあった。

いつごろ、どのようにして、ウサギと知りあったのか、そのあたりは千代の記憶からぬけ落ちていた。何か薄気味悪く思いながら、えたいの知れない浮浪者を眺めていたときもあったはずだ。地下道に入りこみ、ウサギの傍に腰を下ろすようになったきっかけは、何だったのか。おそらく、そんなことは千代にとって重要でなかったのだろう。ウサギの素姓も千代には必要ではなかった。

他人の目を千代は念頭においていなかったので、たちまち、揚げ物屋の主人に知られ、おかみさんと二人がかりで、ひどく叱責(しっせき)された。

うちは食べ物屋なんだよ、千代ちゃん。冗談もたいがいにしてくれよ。とんでもない話だ。お客さんから苦情の山だ。客がよりつかなくなっちまう。いくら色気づいたからって、あんなのの相手になることあないだろう。いいようにおもちゃにされて、悪い病気でもうつされてるんじゃないのか。病気持ちは、うちじゃ使えないよ。扱うのが他人様(ひとさま)の口に入るものなんだからね。

病気をうつされたかも、と主人が言った一言で、おかみさんが青くなり、何が何でも、医者に診てもらえ、と言いだした。病気をうつされていないという証明書をもらってこなければ、うちでは働かせないからね。

医者に診てもらうというのがどういうことかわからず、おかみさんに医院の前までひっぱっていかれた。おかみさんは先に帰り、千代は一人で診察台にあおむけに寝かされた。

いたたまれないような恥ずかしさとひきかえに、一枚の紙きれをもらった。

叩きつけて、やめる、ということを、千代は思いつきもしなかった。仕事口がなくなったら大変だと、それだけしか頭になかった。

紙きれをみせると、おかみさんは安心したが、それでも、「まさか、この証明書を店の壁に貼っとくわけにもいかないだろ。やはり、うちでは困るよ。お客さんに、一人一人、あの娘は、大丈夫でしたなんて説明するわけにもね」と、くびにする気持がかたまっていた。

くびにする代償のつもりか、洋裁店のお針子の口を探してきてくれたのは、いつもは笑顔を絶やさない千代が強情に押し黙っているのに、恨まれて火つけでもされては、と気をまわしたのだろう。

洋裁店の主人にも、二度と地下道に行くなと釘をさされた。どうせ、あの地下道は、もうじき埋められてしまうけれどね、と、洋裁店の主人は言った。もう、不潔で危なくて、どうにもがまんできないと、町の人たちが区役所に陳情書を出した。駅舎の下をとおる地下道の所有権は、私鉄にあった。駅舎を改築する計画がすすんでいる、改築の際は、当然、地下道は埋めたてる、という返答を得ていた。

やがてあとかたもなくなるという地下道の入口に千代は立ち、中をのぞいた。階段の中ほどに、ウサギとダルマが同じ段の右はしと左はしに分かれ、それぞれ壁にもたれていた。

＊

「結婚しようと言いだしたのは、どっちが先なんですか。森本さんか、あなたか」

「結婚……ですか？　結婚は深尾さんから申しこまれたんです」千代は答えた。

「ああ、それはわかっている。だが、その前に、森本さんとも結婚の約束をしていたんでしょう」

「はい」

千代の返事には、何か木村をいらいらさせるものがあった。

「軀の関係はあったんですね」

「は？」

「森本雄吉さんと、肉体関係はあったんですね」

千代は、困惑したような微笑を浮かべ、目をそらせた。

「警察でもきかれたでしょう。大切なことだから、確認します。森本さんの方で、一方的にあなたに思いを寄せ、結婚するときいて、裏切られたときめこんで襲った、そういう状況ではなかったのですね」

「調書のとおりでよろしいんですけれど」

「そんな、投げやりな調子では困るな。できるだけ、刑は軽いにこしたことはない」

「でも……」と言いながら、千代は両手を上向けて並べ、みつめた。あるかないかの微笑がひろがった。

「森本さんとの結婚は、あなたも森本さんも、完全に合意に達していたんですか」

「は？」

「つまりね、結婚しようと、森本さんもあなたも、同じように心を決めていたわけ？」

「はい」

「すると、やはり、あなたの方が森本さんを裏切った」

「はい」

「年寄りでも、金のある相手の方がよかった」

「はい」

「あなたはこれまでに、ずいぶん生活の苦労をしてきていますね。だから、安楽な暮らしの魅力が強かった」

「はい」

ゼリーを素手でつかもうとするような頼りなさ、はがゆさを、木村はおぼえる。

見合、といっても、大袈裟なものではなかった。薬品で傷めつけられたことのない素直な長い髪を、ふだんは無造作に根元でひとまとめにしているのを、マダムが追いたてるようにして美容院に行かせ、アップに結い上げさせた。夏はシャツブラウスとスカート、冬はセーターにズボン（洋品店ではパンタロンの名で売っているけれど、その垢ぬけた呼称にふさわしくないしろもの）と、きまりきった安物しか持っていないので、マダムが手持ちの絹のブラウスを貸し、スカートも、新しいのを一枚無理じいに買わせた。

実はその前に、深尾の方では一度店に来て、それとなく千代を観察している。千代は知らないことになっているのだが、マダムが髪をとかせの、少しは頬に紅をさせのと、口やかましいので、それと察しないわけにはいかない。マダムは、とうとう、今日はあんた、品さだめされるんだから、もう少し何とかしなくちゃだめよ、と内実をぶちまけてしまい、正式の見合は、その一週間ほどあとだった。

成功したら、あんた、いいところの奥さまになるんだからね。がんばりなさい。

介添えのいる年でもない。銀座の喫茶店で二人でおちあい、そのあと後楽園——といっても球場ではなく、隣接した日本庭園にタクシーでむかい、しばらく散策した。

深尾は、気むずかしく、同時に親切でもあった。喫茶店で、コーヒーをストレートで飲もうとした千代に、胃に悪いからミルクをたっぷりいれなさい、と命じたのも、すでに妻にする心づもりの相手の健康をきづかってのことだろう。つましさが習性になっている千代の、数少ない贅沢の一つが、ここ十年ほどつづいている毎日のコーヒーだった。栄養になるどころか、むしろ有害でさえあるこの飲物は、その非実用性、有害無益のために、日常への嘲笑と毒を含み持つ。洋裁店の奥の仕事場に、千代は自分専用のサイフォンを置いていて、仕事がひと区切りつき休憩をとるときに、念入りに一人分だけいれた。マダムが私にもいれてほしいといっても、あいまいな微笑で拒絶した。コーヒー・タイムは、千代にとって、唯一つの、自分だけの時間だった。自分一人のために、千代は、心をこめてコーヒーを淹れる。強い香りと味がひろがるとき、ああ、たしかに、自分の軀がここにある、と感じる。

深尾にミルクをいれろと言われ、千代はさからわなかった。コーヒーじゃない、ほかの飲物だ、と思って飲んだ。

庭園を歩きながら、深尾は説明する。ここは、小石川後楽園ともいい、もとは水戸藩の江戸中屋敷だったのですよ。水戸藩というのは、千代さんもテレビなどで知っているでしょう、徳川御三家の一つですから、たいそうなものです。この庭園を造営したのは、水戸光圀公、千代さんも、もちろん、テレビなどで知っていますね。あの、黄門さんですよ。ハ、ハ、ハ。その黄門さんが、明の儒学者、朱舜水の意見をいれて……いや、まちがえました、最初に手をつけたのは、徳川頼房公なのですわ。どうです、千代さん、日本の庭園というのは、実に清々しいですな。私はイギリスにも行ったが、あちらの庭というのは、あじけないものですよ。あまりに整然と幾何学模様になっていましてな。千代さん、幾何学模様というのは、左右シンメトリー、つまり右側と左側がまったく同じい。外人には、この不均衡の美というやつがわからんのですよ。そうだ、千代さん、今度、金沢に行きましょう。金沢の兼六園というのが、これがまた名園なのですわ。新婚旅行でもいいが、近ごろ流行りの婚前旅行というのも、よろしいな。是非行きましょう。私は、今週いっぱい暇がない。来週もだめ、と。再来週にしましょう。いやあ、千代さん、あんたにこういう庭園の好さがわかってもらえて欣快ですな。日本の庭園で文献にあらわれるもっとも古いものは、というと、これが、蘇我馬子の住居の庭なんですな。そうだ、千代さん、少し茶をたしなまれるといい。今からでも、決して遅くはありません。十九や二十のお嬢さんがお稽古ごとに習っても、しょせん身につきはしない。やはり、茶のわかるのは、あんたぐらいの年ですよ。

千代は、一人でひっそりコーヒーを飲みたくなる。

*

「森本雄吉さんが、あなたの結婚話をきいて、激怒してやってきたわけですね」

「はい」

「そのときの様子をくわしく話してほしいんですがね」

「おぼえていません」と言って、千代は、少し小首をかたむけるふうにした。

「おぼえていないというのは、夢中だったわけ？」

「はい」

「それでも調書によると、一応供述してありますね。そのへんを、あなた自身の口から、もう一度ききたい」

「おぼえていないんです」

「しかし、あなたが供述して、署名もしたんでしょう。森本さんが暴力をふるおうとした――いきなり、とびかかってきた、とありますね。それで、手近にあった南部鉄の灰皿をつかんで、打った。それが相手のこめかみにあたり、相手は昏倒（こんとう）した。あなたは、森本さんに殺意があると感じたのですか。これでは、殺される、と」

「はい」

「相手が倒れたのに、なおもなぐりつづけたのは、なぜなんですか」

「わかりません」

「相手が息を吹きかえしたら、本当に殺されると思った」

「はい」

「まずいな。供述はそうなっていますね。すると、あなたにも殺意があったことになる。過剰防衛ですな。無我夢中だったんじゃありませんか。男が殺意をもって襲いかかった。あなたは恐怖のあまり、一時的に錯乱した」

「はい」

木村は、質問を投げ出したくなった。まるで無意味な「はい」だ。


金沢の宿は、ホテルと名がついているが、和洋折衷の形式だった。部屋は和室で、食事は食堂でとる。

深尾は、十時ごろから寝入った。千代は、ゆっくり湯を浴び、深尾の感触を洗い流し、宿の浴衣(ゆかた)の上から半幅帯をしめた。ホテルといっても、浴衣がけで歩きまわれる気楽さを残している。娯楽室の前の廊下を通る。娯楽室はすでに閉まっていた。がらんとした部屋に機械が青白い。宿の女中がいそがしそうに脇を走りぬけた。

千代は、宿のサンダルを素足につっかけ、庭に下りた。昼、深尾とまわった兼六園を、この庭は模したのか、安手な造りながら、池の周囲に茶室を配置し、回遊式にしつらえてある。ところどころに立った水銀灯が、光のとどく部分の緑を、油絵具で塗りこめたような濃厚さで浮きたたせていた。

池沿いの道は、ゆるい起伏を持っていた。ほぼ半周したとき、砂利を敷きつめた園路から細い枝道がわかれているのに気づき、そちらの方に足をむけた。道は、正式の道路ではなく、建物の横手の方につづいている。

「眼だよ。眼を狙えよ」

ふいに、かすかな声が耳をうった。幻聴かと思うような、遠い声だった。若々しいはずみがあった。

まるで、それを合図と待ちかまえていたように、水銀灯がいっせいに消えた。ずっしりした重量を肩に感じたが、それはただ、闇に包みこまれたための錯覚だった。建物の窓の灯も消えたところをみると、停電らしい。珍しいことだ。両手をのばし、まわりをかきさぐり、少しずつ、足を前ににじらせながら、千代は心がのびやかになるのを感じた。闇は、彼女をときほぐす。何か浮きたつものがある。闇のせいか、遠い若い声のためか。おそらくその両方だろう。〝眼を狙えよ〟は、たぶん連れにむかって言ったことばで、千代にむけられたものではなかったが、千代にはその方が好ましかった。なまじ話しかけられたりしたら、千代はうろたえてしまう。平静な顔で受けこたえし、ときには年のいった女にふさわしいあつかましさ馴れ馴れしさで、笑い声ぐらいあげてみせるけれど、せりふの入っていない役者のような不安が胸の中でさわぎたつ。

眼を狙え、とは、何と、荒ら荒らしいにおいのする言葉だろう。何の眼を狙えというのか。石を投げつけるのか。小刀か。千代は、暗い中で右手をあげ、自分の片目を押さえた。突き抜ける痛みを思った。指のあいだをつたい流れる血の熱さを感じようとした。すると、顔の見えない男との距離が縮まった。

灯りはほどなくともり、千代は、闇の中を少しずつ移動しているあいだに、庭のはずれらしいところに来ていたのを知った。目の前に、金網をはった殺風景な塀がつづき、その一部が片開きの扉で、簡単な差込み錠がかかっている。鉄の横桟を引くと、少しきしんで開いた。

塀のむこうは、自然公園といったふうだった。兼六園とホテルは、タクシーで十分ぐらい離れているのだから、これは別のものだろう。櫟か椎か、丈の高い樹々が枝をひろげ、積もった落葉が腐った柔らかい土に、細く、人が踏みならした道がのびていた。

千代は、浴衣姿なのを思い、宿の敷地から外に出るのをちょっとためらった。しかし、眼を狙えと言った声の主らしい姿が、すぐそこに佇んでいるではないか。

しなやかな草が二人の男の腿をなかばまでかくし、そのむこうは、沼か池らしい。水銀灯が一つだけともり、男たちの右わきにはベンチが、そうして、左の方にボートが腹をみせて二艘ひきあげられていた。

風があるとも思われないのに、草はわずかにうねり、ときどき、ざわっとゆれた。

二人の男に、千代は唐突な親しみをおぼえた。一人は肩をむき出したタンクトップに、膝のあたりで裾を断ち切ったジーンズの切り口からほつれた糸が垂れ下がり、もう一人はTシャツで、踝までとどくジーンズの裾が泥まみれだった。Tシャツが煙草をくわえ、タンクトップがライターの火をさし出している。Tシャツの両手とタンクトップのあいた片手が、小さい炎をかこい、少し背の高いTシャツは前かがみになり、そのため、二人の額がつきそうに近寄っていた。煙草に火をつけるという、たったそれだけの行為なのに、二人が意識を一つに集中していることで、はりつめた緊張感が生じていた。ふっと、それがほぐれ一つの軀のように寄りそっていた二人が離れ、小さい火が強く輝き、Tシャツは唇を少しとがらせて煙を吐き出した。タンクトップは、手品師のように手首をくねらせて、ちょっと放り上げたライターを、すかさずすくい、ポケットに押しこんだ。

たてつづけに二、三服吸ってから、くわえ煙草で、Tシャツは、裏返してあるボートの方に行き、上体をかがめながら、顎でタンクトップをうながした。タンクトップはひととびして、走り寄り、二人がかりでボートをひっくり返そうとする。

「あの、ちょっと」

その声が自分ののどから出たのに、千代は驚いていた。

「眼を狙えって、何の眼？」

二人は顔をあげた。千代は、自分の胸もとに視線をむけた。宿の浴衣の衿は、しどけなくゆるんでいた。千代は、そのまま少し近づいた。

「さっき、そう言ってたでしょ。眼を狙えって」

「とかげ」

「さかな」

二人は、ほとんど同時に、ぶっきらぼうに言い、「せーの」と声をあわせた。片方のへりを持ち上げられたボートは、もう一度、せーの、という掛け声と共に、ひっくり返った。艫の方にタンクトップがまわり、Tシャツは横腹について、ボートを押し出す。臀と腿の筋肉がこりこり動く。

「どっちなのよ。とかげ？　さかな？　うまく仕止められたの？」

湖面にむかって少し傾斜した地面をすべり出したボートに、千代はもう一足近づく。

「眼を狙うなんて、むりでしょ。とかげもさかなも、小さいし、敏捷すぎるもの」

人間ではどうですか。ねえ、私の眼を狙いなさいよ。私は、もちろん逃げますよ。石？　ナイフ？　ナイフは、とどめに使うのがいいわ。まず、石で追いなさい。ほら、手ごろなのがいくつも落ちている。背骨にあたって、息がつまりそうになるけれど、私、それでも走りますよ。あっさりあきらめないで。そんなに長い速い脚を持っているんじゃありませんか。まじめに追いかけてください。わざとはずして投げているのね。その方がいいわ。時間はたっぷりありますもの。「ほら、せーの」

水音。

「乗せてくれないの？」

ほとんど媚びるように千代はつぶやくが、半分で声をのみこんでしまう。

「こんな夜ふけにボートを漕ぎだすなんて、危険ですよ。ほんと、ばかみたい。心中するつもりじゃあるまいし」

池心にむかうボートに、千代の声はとどかないので、千代は気を許して一人言をつづける。

ふと、もう一艘ボートがあるのに気づいた。千代は一人では手にあまる作業にかかった。舟がようやくあおむけになったとき、勢いあまって、千代はその中にのめりこみ、したたか顎を打った。それから、ボートを押し出した。

透かしてみても、向う岸は闇に溶けこんでいるし、二人の乗った舟の影もさだかではなかった。目をこらすと、薄黒いものが水面にあるようで、いっそう見つめると、ふっと消えた。水音も、きこえているのかいないのか、静寂なようでもあり、規則正しい音が、しないともいいきれなかった。

漕ぐたびに太いオールが環からはずれそうになるのをもてあましながら、サンダルの底にべったり付いた腐土を、底板にこすりつけて落とす。突き落とされるだろうか。

あのボートに追いついたら、私はあちらに乗り移るだろう。突き落とされるだろうか。

千代は、あてなく漕ぎつづけ、やがて、息が切れ、目がくらんでくる。

疲れ切って部屋に戻り、深尾は眠っているようにみえたが、翌朝、ゆうべはどこに行っていたのかときかれた。ボートに乗っていました、と言うと、呆れ顔になり、それから、破顔した。「なるほど、若いねえ、千代は。これはたのしみだ。私も若返るよ」

笑い顔が、仮面なのか本心なのか、千代にはわからない。どうでもいい、と千代は思う。顎の打ち身は、しばらく痛み、その痛みによって、自分の居場所がわかるような気がした。

*

「供述書をとられるときも、今のような調子だったんですか。係官の質問に、投げやりに、はい、はい、と答えて、むこうに都合のいいような文面を作られてしまったのではないんですか」

「わかりませんわ」

「さあ」木村は声を荒げた。「あなた自身の問題なんですよ」

「本当に、よくわからないんですの」

「犯行時のことを、おぼえていないんですか。あなたがそういうふうなら、ぼくは手をひくよりほかはないですよ」

はい、と千代は答えた。

森本雄吉がビニールの袋におさめた洗濯物をとどけにきたとき、千代はコーヒーを淹(い)れていた。

「いいにおいだな」

「淹れてあげましょうか」珍しく、千代は言い、ダイニング・キチンにあがるように誘った。

「いいのかな。マダムは留守ですか」雄吉は踵(かかと)のつぶれた靴を脱いだ。

「おめでとうございます。式、もうすぐですってね。どこでやるんですか」

千代が仕事場からはこんできたカップを両手で持って、雄吉は、かるく押しいただくような仕草をした。

「旅行は、どこに行くんですか。相手の人、お金持ちですってね。外国ぐらい、連れてってもらえるのかな」

雄吉を、これほどはっきり目の前に意識して眺めるのは、はじめてだった。

「嬉しいでしょ」と訊かれ、千代はあいまいに微笑し、カップを口にはこんだ。

「そういえば、こないだ、金沢の方に旅行したってききましたよ、マダムから。おもしろかったですか」雄吉は目まぜし、ポケットから煙草を一本ぬき出してくわえた。千代は、テーブルの上の灰皿を、少し彼の方に押しやった。

「事故があったのよ。交通事故」

そう答えて、千代は、ふいに血のにおいをかいだような気がした。

「危ないなあ。どうしたんです。乗っているバスが追突されたとか？」

「いいえ、私たちじゃないの。オートバイで遊びにきていた若い人が二人、国道でトラックと正面衝突して」

「凄げえ！　見たんですか、そいつを」

ええ、とうなずいたが、目撃したわけではなかった。だが、直接目にした以上に、鮮やかに千代はその情景を思い浮かべることができる。

事故にあったのは、あのボートの男たちだった。千代はもう一艘のボートを漕ぎ出したものの、ゆきつくことはできず、一人で帰らざるを得なかった。二人の男を呑みこんだ闇は、翌日、彼らの骸を投げ返してよこした。といっても、二人が舟の上で服毒したというようなことではなく、雄吉に告げたとおり、交通事故だったのである。彼らは、さほど遠くない町からオートバイの相乗りで遊びに来、あの夜は、ボート遊びのあと、シュラフザックで野宿したらしい。翌朝、またオートバイで出発し、国道に出たところ、スピードの出しすぎと、カーヴを直線に突っ切ろうとした無謀さで、対向のトラックに衝突した。昼近くまで宿にいた千代は、宿の女中からその事故の話をきかされた。

まったく無縁に、彼らは、千代の腕からすり抜けて消えた。こんなことなら、なぜあのとき、むりにでも二人のボートに割りこみ、邪魔なやつだと髪をひき摑まれ、池に突き落とされていなかったのだろう。

せめて、私たちの乗ったバスにひき殺されでもしてくれたのなら、まだしものことなのに、何の由縁もないトラックと、死の絆を結ぶとは。

「めちゃめちゃでしょ、トラックとこれじゃ」と、雄吉は、両手をばしっと打ち合わせた。

その仕草が、はっとするほど新鮮で、千代は、これまでほとんど心にとめたことのなかった相手が、靄の中からきらっと裸身を光らせたような感覚を持つ。

コーヒーを飲み下ろす雄吉の咽喉仏の動き、カップをささえた指の、きわだって太い節、角ばった爪、その付根のささくれまでが、埃を洗い落とされた絵のように、なまなましい鮮やかさを増した。

けものが騒ぎ出す――と、千代は思った。飼い鎮めるのにくたびれた。

千代は、相手をみつめた。カップを離すと、雄吉の下唇は丸みを帯びて中心に縦のくぼみがあり、そこがコーヒーで濡れていた。

「お願いがあるんだけど」

「なんですか」と目を上げた雄吉に、ここに唇をあてて、と千代は自分の咽喉をさした。

「うわっ」と雄吉は大袈裟に驚いてみせた。

「ね？」

「冗談？」

千代は顔をあげて咽喉をのばし眼を閉じた。少しして、コーヒーのにおいの残る息が頬にかかり、唇にまともに近づく気配を感じ、千代はいっそう顔をのけぞらせた。咽喉の柔らかい皮膚に、刃物をあてられたように冷たさと熱さを同時に感じた。千代は手をのばし、雄吉の手をさぐりあて、親指を咽喉仏にあてる位置に導いた。手をそえて、雄吉の親指を上から押した。唇が離れた。

何の傷も、千代に与えも受けもせず、みすみす、強靭な肉体を鋼鉄の車に砕かせてしまった二人の男たち、そのほかにも、これまでに千代の中のけものをさわぎたたせて過ぎた男たち、彼らすべてに、雄吉の手に力をそえさせる。

ウサギの死を、千代は思い浮かべる。男たちの源に、ウサギがいる。あのとき、千代は知ったのだった。何より強い絆。二つの岸を結ぶ暗い河を漕ぎ渡る舟に、自分の手でしっかり乗せてやるか、あるいは、相手の腕が抱きかかえ舟に乗せてくれるか、それ以外に、どんな確実な絆もありはしない。躯をかわしあったところで、その感触は、やがて雑駁な日常のいとなみの中に溶けいって、あいまいになってしまうのだ。相手が誰であろうと、肉の触れあう感覚は同じようなものだし、何の繋がりも生じはしない。

地下道がつぶされる少し前だった。駅舎とりこわしのため、近くに飯場ができて、労務者が屯するようになっていた。木造の粗末な駅舎は、男たちの手であっけなく解体され、今まで目の前にあったものが瞬時に消滅してゆくさまを、千代は、めまいのするような心地で見守った。何もかもが、紙っぺらに描いた絵のように頼りなく変わってゆく。そう思うと、周囲の建物や人間までが、蜃気楼めいてくる。駅舎の古材は、かたはしから地下道に放りこまれた。

マーケットの一部をこわし、そこに建てられたプレハブの飯場は、夜になると、ひとしきり濁み声の歌で賑わった。近くの飲み屋も客がふえ、地元のちんぴらたちと、しばしば喧嘩さわぎが起きた。

この一帯は、映画館を三軒とバーや小料理屋を経営している松岡組というのがとりしきっていた。本業は土建屋で、それが敗戦直後のどさくさに仕事の手をひろげ顔役になった。洋裁店で働くようになってから、千代は、地下道に行くのをやめていた。主人にきびしく言いわたされたこともあるが、それ以上に、医者の診療室で味わった屈辱感が、ウサギとの接触をためらわせたのである。恥ずかしさに、つい両腿を固く閉じあわせるのを、医者も看護婦も、悪事を咎めるように荒っぽく叱りとばした。そのあとで医者は、病気にかかるとどうなるか、まるで坊主が寺の欄間にかかげた地獄図を説明するように、微細に教えた。

店の奥で、背を丸めてボタン穴をかがりながら、千代は、ウサギは病気持ちだろうかと怯え、怯える自分に腹をたて、病気が怖いんじゃない、医者の前であんなかっこうをするのが口惜しいから、病気になりたくないのだ、と思う心の裏からやはり怖れがのぞき、ウサギを裏切ってしまった、と、せつなくなった。男たちが容赦なく古材を投げこむ地下道の入口にウサギとダルマは、いた。ダルマのことは千代の念頭になかった。風来坊のウサギは、ねぐらを奪われれば、また他の場所に移って行くだろうということも考えなかった。ウサギと地下道を切り離すことは思い及ばなかったのだ。

ウサギに会いたい思いが激しさをました。もしウサギが病気なら、同じ病気になるのはすばらしいではないかというふうに、考えが裏返った。腿の付根に、二人、同じように赤黒い華を咲かせ、同じ痛みを痛もう。やがて全身触手をひろげたイソギンチャクのような華でおおわれ、それが次第に溶けて白い骨があらわれるまで、埋めたてられる地下道の底で、ウサギによりかかっていよう。

そう心が決まって、千代はその日赤飯を炊いた。家の者が寝しずまってから、とりわけておいた赤飯を経木に包んだ。

地下道に行くと、二人の姿はみえなかった。暗い中を透かしてみると、がらくたの山にウサギがうつ伏せに寄りかかっていて、ダルマの姿はなかった。千代は、くずれかけた階段を下りた。ウサギは動かなかった。

「ちょっと、やだよ。気味悪いな。こんなにしたら、息がつまるだろ」

雄吉が、千代の手を振り払った。千代は大きく息をついた。雄吉は立ち上がりかけた。

「もう一杯コーヒー飲む？」できるだけやさしく千代は言い、それでも雄吉はこわばった薄笑いで首を振った。

「ほんとに、しめてくれない」

「冗談じゃないよ。今度の旦那(だんな)さんかい、そんなこと教えたの。悪い趣味だよ、まったく」

あなたの手で、しっかり、舟に乗せてほしいのよ。なしくずしに、生命を削っていって、いつかひとりで舟に乗りたくはない。

＊

「そのときの状態は、まったく記憶にないんですか」

千代は、おぼえていた。まるで第三者として眺めていたように、灰皿をつかむ自分の姿を思い浮かべることもできるし、そのときの心の動きも、この上なく明瞭だった。供述書をとられるとき、できるだけ正確に話したのだが、刑事は納得しなかった。刑事は、自分たちに理解でき、万人を納得させられるように、千代の言葉を変えていった。要するに、三角関係なんだろう。そうだな。被害者が二人の関係を深尾氏に告げると脅し、暴力行為に出ようとしたので、灰皿でなぐりつけた。そういうことだな。

ちがいます、もう、あいまいなところで、なしくずしに生きたくないと……

言葉にしてしまうと、本当の気持とずれてくるので、千代は口ごもる。

訊問は何度もくり返され、しまいに、千代は、もうどうでもいい、何も、この人たちにわかってもらうことはない。あの瞬間、雄吉に灰皿を打ちつけたあの瞬間、私は、生きつくした。ウサギとは中途半端に終わった行為を、雄吉で成就した。刑事の読み上げる供述書は、まるで他人の話のようだったが、千代は、はい、とうなずいて捺印した。

ダルマとウサギの姿が地下道から消えたことを、誰も気にとめなかった。ダルマは髪結いのかみさんのところに戻った。あの晩、労務者と松岡組の若い衆のあいだで、かなり派手ないざこざがあったということは、翌日からしばらく、近所の人の噂話になったが、そのいざこざに、地下道に居ついていた痩せた浮浪者が巻きこまれて死んだことは、誰も口にしなかった。

千代は、地下道の底で、がらくたの山にうつ伏せによりかかっているウサギの骸を発見したあのとき、古材の下に骸をかくしたのだが、その前に、儀式を行なった。ひとりでに生まれてきた儀式は、おそらく、母親が死んだとき棺の蓋に石で釘を打ちつけた記憶が影響していたのだろう。

石のかけらで、千代はウサギを打った。誰とも知れぬものに恋人を奪われっ放しにしておくことはできない。一打ちごとに、千代は、ウサギを自分のものと感じた。一打ちごとに、自分の心がウサギの軀に打ちこまれ、ウサギの血は千代の心にしみこんだ。

送り出してあげます、私の手で舟に乗せてあげます。

雄吉は、立ち上がり、そろそろとあとじさった。

「待って、雄ちゃん、行かないで。私を置いて行かないで」

私を舟に乗せて、あなたの手で。このまま行ってしまわないで。

立ち去ろうとする雄吉に、千代の心に、めまいのような逆転が生じた。

千代は灰皿をつかんだ。この手応え(てごた)しかないと思った。雄吉の上にボートの男たちが重なり、すべての男が重なった。怖ろしい淋(さび)しさのなかで、愛している、愛している、と、千代は腕を打ち下ろした。

丘の上の宴会

墓地に行くつもりはなかった。彼岸の入りにはまだ少し間があるといっても、今年は例年より桜が早い。しかも、春には珍しく晴れわたっている。風が強いのが難だけれど、沿線からかなりの人が集まっているだろう。

二つの丘陵にはさまれた窪地(くぼち)を走る鉄道の小さい駅は、ふだんはさびれているが、春秋の彼岸のときだけ、整理係がロープをはらねばさばききれぬほど、墓参の人で賑(にぎ)わう。ことに、春は、花見を兼ねている。彼岸の中日、黒衣の人々が列をなし、桜の大樹にふちどられた霊園の坂道をのぼる。

わたしが駅の方にむかったのは、煙草を買うためである。足もとがたよりない。軀(からだ)のぐあいが悪くて、しばらく寝こんでいた。寒い。

五十六段の急な石段を、わたしは降りる。傾斜は急で、目がくらむ。ゆるやかな坂道をカーヴしながら降りる道もあるのだが、そちらをとれば、今村(いまむら)葬儀店の前を通らねばならない。

最近は少し店が増えたが、七年前、重野(しげの)とわたしがこの土地のアパートに越してきたときは、めぼしい店といったら、今村葬儀店と吉田(よしだ)石材店しかなかった。石材店が扱うのは墓石である。駅のむこう側の丘陵一帯が、広大な霊園になっている。

踏切のむこうに連なる桜並木は、せり上がりながら頂上までつづき、丘の斜面は遠目に見ると、満開時はほの紅い花霞(はながすみ)につつまれる。花のあとには若葉がいっせいにほむら立つ。花といい若葉といい、過剰な生命力が溢(あふ)れかえり、墓所の侘(わび)しさにはおよそふさわしくないのだが、それに相応するように、この界隈(かいわい)でどこよりも活気溢れる店が、今村葬儀店なのである。

葬儀店の左隣は老婆が身をかがめて店番をしている文房具屋、右は空地をはさんで八百屋、小さい肉屋、牛乳屋、よろず屋を兼ねた酒屋、七年たっても増えた店はせいぜいそのくらい、日中はどれもひっそりしている。商店のうしろの丘が住宅地としてひらかれたものの、それ以上発展する気配がなく、購買客の人口がかぎられている。一つ隣の駅が私鉄との乗り換え駅で、そこはスーパーマーケットが五つも乱立する大商店街がひらけ、客足はそちらにとられる。

今村葬儀店が賑やかなのは、客の出入りが多いせいではない。家族がしじゅう店の土間で何かしら仕事をしたり喋(しゃべ)ったり、皆、おそろしく陽気で声高で、人なつっこいのだ。

石段を降りきったとき、

「おねえさん」

葬儀店の娘の加代子に声をかけられた。背に赤ん坊をくりつけている。少し知能の低い加代子だが、母親になったら、赤ん坊の世話は十分にまにあっているようだ。おねえさんも早く子供産みなさいよ、と、加代子はわたしの顔を見るたびに、優越感をこめて言い、誇らしげに背の赤ん坊をゆすりあげてみせる。

「久しぶりねえ、おねえさん、待っていたのよ」

待っていたと言われて、めんくらったが、

「軀をこわして、やすんでいたのよ」

「行こうよ」

と、加代子は誘う。

「どこへ」

「墓地。お花見に」

「行ってもいいけれど」

ことわる口実を、とっさに思いつけない。

「行こう、行こう」

こわれた笛のような声で、加代子は言い、わたしの手に指をからませて歩き出す。

「人出が多いんじゃないかしら」

「そんなことないよ。うちのひとたちだけよ。おかあさんがお萩を作ったからね、食べてよ。おねえさん、お萩好きでしょ」

強引に手をひく。背中の赤ん坊が、そっくりかえって、ああああと声をあげた。赤ん坊も賑やかだ。

＊

ディケンズの『オリヴァー・トゥイスト』によれば、葬儀屋というものは、主人も使い走りの小僧も、陰気くさく哀れっぽく、軀つきも貧弱な方が客がつく。孤児のオリヴァーが葬儀屋にやとわれたのも、その条件にぴったりだったためだが、今村葬儀店の主人今村修三は、筋骨のたくましい大男であった。もっとも、葬儀屋という仕事はかなりな肉体労働だから、やさ男にはつとまるまい。

おかみさんのミツエは、ずんぐりとしたピラミッド型で、がっしりした骨盤は多産に耐えそうだ。子供は加代子の上と下に男が一人ずつ。三人とも学校は中学までで、その上には進まなかった。金がないわけではない。今村修三は土地持ちである。人の噂では、数千坪という。わたしが借りているアパートも今村修三が自分の地所に建てたもので、わたしは彼の店子である。
彼は賢明にも、自分の子供たちの能力を冷静に判断した。教科の理解力は最低でも、あの連中、世渡りの才覚は心配ない、と。これは八百屋の主人の説である。

店の土間で、二人の息子がバイクの分解修理をしているのを、わたしはよくみかけた。理科のテストに零点をとろうが、実践用の頭と腕は十分に備わっている。

店には、バイク好きの仲間たちがしじゅうたむろしていた。少し頭の弱い加代子は、兄弟とその仲間たちから大事にされているようだった。

去年から家族がまた増えた。長男が結婚し、加代子と長男の嫁の腹が揃って大きくなり、わたしは加代子が父親のわからない子を妊ったのかと思ったが、そうではなく、これも結婚していた。夫といっしょに実家に同居している。そうして今年、赤ん坊が二人、ほとんど同時に増えた。

そのほかに、犬が三匹いる。今村修三は狩猟を趣味にしているので、一頭はそのために訓練されたポインター、あとの二匹は柴犬とヨークシャ・テリアで、土間で遊んでいる。柴犬は愛想がいいが、ヨークシャ・テリアは通行人にせいいっぱい威嚇の吠え声をあげる。

広い土間は車庫を兼ねている。棺の運搬に使うライトバンが二台、息子たちの使うジープとバイク、小鳥の籠、栗鼠の籠。

息子は、兄も弟も碁盤のように角ばっている。今村修三と息子たちがからの棺桶をライトバンの後部に積みこむところは、何かスポーツの準備をしているように威勢よくみえる。実際にサーフィン・ボードでも積むところなら、もう少しつまらなそうな顔をするかもしれない。レジャーが本当にたのしいのは、あとになってそれを思い出すときだ。

今村修三は、地元の警察署長と親しい。川から水死体があがったとか、雑木林で縊死した者があった、となると、今村修三は、さっそく棺桶を届けにライトバンで現場にむかうのである。遺体を解剖のため大学病院にはこぶにしろ、容器が必要である。

「おねえさん、元気出しなさいよ」

加代子が、わたしの背に手のひらをあてて、歩くのを助けるように押しながら言う。わたしが子を殺したのを、加代子は知っているのだろうか。

ずいぶん辺鄙なところだな。七年前、この駅に下りた重野は、ちょっと不服そうに言った。結婚を控え、二人でアパートを探していたときだ。周旋屋は家賃の安さを強調した。

それまで重野が住んでいたのは、つとめ先から私鉄で三十分ほどのところにあるアパートで、四畳半一間、風呂がなかった。わたしは伯母のところに居候していた。

これから、どんどんひらけ、便利になる、と周旋屋はうけあった。レストランのマネージャーをしている重野は、なるべく近い将来独立して自分の店を持ちたいと計画していたので、家賃は少しでも安い方が好都合だった。それでも、せめて風呂だけはほしいと重野は言い、休みごとに、二人で探し歩いた。

周旋屋は駅から歩いて五、六分のようなことを言ったが、実際は、十二、三分かかった。坂道をのぼりながら、高台は見晴らしがいいと、重野は喜んだが、頂上まで行くと更に北側の斜面を下りた。窪地にアパートが三軒、軒がふれあうほどに建っていた。そのすぐ前を下水のにおいのする川が流れていた。

手付けだけでも早く打たないと、すぐ満室になる、と周旋屋はせきたて、これより条件のいいところだと家賃が倍近くなる、新築でこの値段なら、多少のことは我慢しようと重野は、わたしを説得するように言った。わたしは何も不満な顔はしていなかったが、説教口調は重野の性癖であった。わたしは、住まいにあまり関心がなかったので、ことさら熱心に、狭い室内を点検し、これなら上等ね、と笑顔を作った。

わたしは、たえず、意識して笑顔を作らねばならない。うっかりしていると、何事にも無感動なことが他人に知れてしまうからだ。

もう少し嬉しそうな顔をしてくれなければはりあいがない、どうしたんだね、この結婚がいやなのかね、と仲人をたのんだ重野のつとめるレストランの社長がわたしに言ったことがある。わたしは大袈裟にはしゃいだり恥ずかしがったりして、ようやく人並みに喜んでいると認められた。

喜んでいるのかどうか、自分ではわからなかった。重野といっしょにいると、台本を読まないまま、芝居を演じているような気分になった。もっとも、重野と限らず、他人といると、いつも、ぎごちなく芝居をしているように思えた。相手がこうと予想するせりふを喋り、予想する筋書をすすめるのに協力した。きまり文句というのがある。きまった感情の反応がある。感動すべき事柄。喜ぶべき事柄。忌むべき事柄。パターンをまちがえてはいけない。

重野のレストランと、わたしが働くベビー用品店は、同じテナント・ビルのなかにあった。わたしと重野はロッカー室でしばしば顔をあわせた。

テナント・ショップの従業員は、十二の野球チームを作り、毎年トーナメントを行なう。そのほかに練習試合もある。店の開くのは十時だから、その前に終了させるため、試合開始は早朝六時で、女子従業員は応援にかり出される。眠くていやだと不機嫌な顔でしぶしぶ出てきても、いざ試合がはじまると、女たちは熱狂し、バッコスの信女さながら、手ふり足踏み鳴らし、声援をおくる。目の前にいけにえがあればとって引き裂こうというほどで、事実、日頃は愛想のいい女の一人が、まぎれこんだ仔犬を昂奮のあまり蹴とばしたのをわたしは目撃した。

どのチームが勝とうとまるで興味がないということを悟られぬよう、わたしは声をあげた。無理をするから、かえって人一倍はしゃぎたっているようにみえた。中庸の態度を保つのはむずかしい。わたしが自然にふるまえば、無感動があまりにも露わになる。

感動することがまったく無いわけではない。閉店は九時だが、早番の日は六時にあがる。運がいいと、高架である駅のプラットフォームで電車を待つあいだ、この世ならぬ日没にゆきあう。東京の西郊である。昼は喧騒のうちにあり、早番で帰宅するときは、ラッシュ・アワーで、けたたましさはいっそう激しいのだが、橙紅色の奥深い空は静寂で、逆光を受けた富士が、突如、目の前にある。まったく、それは唐突に姿をあらわすのである。昼は、どのように晴れていようと、富士を見たことはない。見えないのが当然である。それは、あまりに遠くにある。落日とともに、視界が一変する。見えるはずのない富士が悠揚と出現する。空はただならぬ色に燃え、燃えながら、あくまで静謐である。ホームに待つ人々は、誰も、この奇蹟的な出現に気づかぬもののようで、苛立たしそうに電車の来る方向をのびあがって眺める。

*

加代子の背の赤ん坊が、わあああとわめいた。踏切の前で、わたしたちは立ち止まった。警報が鳴り、赤いランプが明滅する。谷間の小さい駅は閑散としていた。
「お彼岸にならなくちゃ、人は出て来ないのよ」加代子は赤ん坊をゆすりあげる。
「この風では、咲ききらないうちに、かたはしから散ってしまいそうね」
風は葩びらをまきあげる。アスファルトの道路に花片は散り敷き、レールにびっしりとはりついている。

電車が走り過ぎる。他の路線で廃車になった古い車輛を寄せ集めて使っているのか、車体の色はとりどりである。小豆色、空色、ピンク、黄。警報が尾をひいて消え、わたしと加代子は踏切を渡り、桜並木の坂道をのぼる。

葩びらのまじった風が吹きつけてくる。

七年住んでいて、花のときに墓地にのぼるのは、はじめてである。桜の時期には、「もう行きましたか」というのが、近所の人たちのきまったあいさつだ。「まだ七分というところですねえ」「この雨では、もう、おしまいですね」「昨日行ってきましたよ」

まだ行ってないのです、と言えば、とんでもない、とせきたてられる。まして、一度も行ったことがないなどと知れたら、異様なものを見る目をむけられる。

重野が吹聴したので、重野の親戚たちは、正月の集まりのときから、花見を話題にのせた。

「今年こそは行かなくてはね」

「雪子さん、忘れず声をかけてくださいよ」

「毎年、誘ってるじゃないですか」重野が口をとがらすのだった。

「それなのに、そっちの都合がなかなか揃わなくて、毎年、お流れになっちゃうんだから」

重野は親類縁者が多い。本家は茨城の在の旧家である。重野は分家の次男で、単身東京に出てきているが、両親も兄弟も、みな、本家の近辺に住んでいる。正月は、本家に全員が集まる。

驚いたのは、重野との結婚式のときだった。

わたしは、許されることなら、大仰な式だの披露宴だのは持ちたくなかった。重野と二人、用紙に署名捺印して役所に届ければそれですむことだし、どうしても何かに誓えというのなら、たとえば、落日を背にした富士に、駅のホームで、二人で告げるだけでもいいではないか。わたしを好きだと言ってくれ、人並みの心の動きを持たぬことに気づかぬおおらかさで、暮らしを共にしようと言う勇気に、心からありがたいとは思ったけれど、結婚業者の指図のままに、衣裳をとりかえたり、はりぼてのケーキに形ばかりナイフを入れたり、ましてキャンドル・サービスやら花束贈呈やら、気恥ずかしいのを通り越しておぞましくさえある。

重野の親類縁者は、マイクロ・バスを一台借りきり、大挙して上京してきた。そうして、東京で式と披露が終わると、そのバスにわたしは乗り、重野の本家に同行し、そこでもう一度、二昼夜にわたる披露の宴になった。この集いは、わたしの方の血縁は誰一人出席せず、重野の身内だけのために持たれたのであった。

東京の披露宴でも、最後にあいさつしたのは、重野の父ではなく本家の当主であった。

人と人とは濃密に、蜘蛛の巣のようにからみあっていた。いっそ、この糸にがんじがらめになって暮らした方が気楽かもしれない、とさえわたしは思った。そこでは、わたしは他人と同じ色を保護色にしていればよかった。わたし自身の考えなど誰も訊きはしないから、しきたりどおりに身を処していればすむのだった。

レストランをあずかる重野は多忙なので、旅行は箱根に二泊しただけで、勤務にもどった。わたしは、重野の希望でつとめをやめた。

重野の店は年中無休である。従業員は交替で、週に一度休みをとる。そのため、披露宴には代表が一人だけしか出席できなかった。重野とわたしは、従業員全員を、夜、中華料理店に招いた。従業員は、男子七名、女子五名である。

「雪子さん、ひどいな、ぎりぎりまで俺たちに黙ってたんだもんな」河野が言い、「ひとりだけ、倖せそうな顔になっちゃってな」谷津が言い、全員でかねを出しあったと言って、掛時計を贈ってくれた。北海道の訛を気にしていつも口の重い小川が、一人で別に鈴蘭の鉢をくれた。面倒見がよければ、何年でももっと小川は言った。

その夜、小川は死んだ。わたしと重野がひきあげたあと、河野と谷津と小川は新宿にまわり、あとで河野と谷津が語ったところによると、小川がひどく荒れ、やくざらしい男に喧嘩をふっかけたのも小川だということだった。

小川は、臆病で喧嘩は苦手だと言っていた。銭湯で背にみごとな刺青をした男にみとれていたら、因縁をつけられた、濡れた軀にズボンとシャツだけあわててまとい、泡くって逃げた、走るのだけは速いんだ、と小川は笑いながら話したことがあるが、このときは、逃げもせずにくってかかり、突きとばされ、舗道に音がするほどの勢いで頭をうちつけ、何でもないと立ち上がってまた飲み出したのが、十分ほどして急に倒れ、痙攣し、救急車をよんだがこれがなかなか来ず、ようやく病院にはこびこんだが意識がもどらぬままにあっけなく死んだ。

わたしは、何という壮麗な贈りものを小川がしてくれたのだろうと思った。空が闇に没する直前、橙紅色に燃えたつ空に忽然と出現する富士にも増して華麗であった。

小川のくれた鈴蘭は、こっけいなほど可憐な花をつけた。しかし、これもまた華麗な毒を持つことを、わたしは知った。

風邪をひき、医者に行くほどのこともないと、薬屋で売薬をもとめた。漢方薬も扱っている店で、加味葛根湯というのをすすめられた。

発熱、悪寒にはこれが一番、と、血色の悪い主人は言い、さらに、気管支炎には宝樹、延寿、咳がひどければ治咳湯、喘息ぎみなら露恵、痰には雲桂、肋間神経痛なら荘蓉湯、寝汗には如聖、おたふく風邪であれば赤竜湯、と並べたて、薬の包みといっしょにパンフレットをくれた。

漢方医薬総覧と、ものものしく記されたその薄い冊子をひらいて、わたしは、可憐な、あるいは平凡な、野の花、野の草が、どれほど多種多様な毒をかくし持っているか知らされた。

見開きに、身近にある有毒植物の抜萃一覧表というのがのっていたのである。てんぐだけといった、毒茸のたぐいは、植物図鑑で、毒々しい色彩をともなった細密画を目にしたことがあるけれど、正月をことほぐ福寿草は全草、毒を持ち、心臓麻痺を起こさせる。万葉の歌で親しい馬酔木の葉は、嘔吐、下痢、手足のしびれから酩酊様昏睡をひき起こし、多量にとれば呼吸中枢が麻痺して死亡する。初夏に黄の小花をたわわにつける金雀児は、葉も豆状の実も、知覚麻痺から昏睡状態に陥らせる。そういうことなら、とりかぶと、はしりどころといった、毒性がつとに有名なものを探さなくても、また、入手困難な青酸カリや砒素のような毒物をもとめずとも、身辺はゆたかな毒でみたされている。小川が結婚の祝いにとくれた鈴蘭は、その根に蓄積性の猛毒があり、心臓麻痺を生ぜしめると知った。

小川は、承知の上で、可憐な白い小花のかげに、毒をかくして贈ったのだろうか。柄を花で飾った短剣に似たぶっそうな鉢を、わたしは、眺めなおしたのだった。

＊

霊園の頂上は、平らにひらけ、墓石の群れにとりまかれた芝生に、今村葬儀店の一族が一升びんを並べ重箱をひろげていた。

「よく来たわね、雪子さん、待っていたのよ」ミツエが陽気に手招く。

長男が、ぐずる赤ん坊をまだ高校生のようにみえる年若い女房から受けとり、高い高いと両手でさしあげ、赤ん坊は足をばたつかせ、ぐずり声が笑い声にかわる。

次男はラジカセのヴォリュームをあげ、リズムにあわせ、太い首を左右に振る。

「おねえさん、どうして子供ができなかったのかねえ」

加代子は背から赤ん坊をおろし、「濡れたかな」と、尻をしらべ、「大丈夫、ほら」と、ぐにゃぐにゃしたのをわたしの手に抱かせた。

「かわいいでしょう。よく笑うんだからね。ほら、ほら、笑ってごらん」

「雪子さん、お萩食べませんか」ミツエがすすめる。

「いやあ、雪子さん、こっちですよねえ」

片手に赤ん坊を抱えた長男があいた手で一升びんを持ちあげる。なかみは半分ほどに減り、長男の顔は赤黒い。

「踊ろうか」

次男が立ちあがると、長男の女房も、ひょいと身軽に立ち、むかいあって腰をふりだす。

「どら、わたしも」

ミツエが巨大な骨盤のおさまる腰を上げ、嫁と並ぶ。

「やあだ、お母さんのかっこう」加代子が笑いころげ、踊るなら、こう、と、手本をみせるというように気負って、仲間に加わる。二人ずつむかいあって、ゆきつ戻りつして腰をふるさまは、子供の花いちもんめの遊びに似ている。

あのこがほしい
あのこじゃわからん
このこがほしい
このこじゃわからん
ゆきこがほしい

踊りの外側で、これも立ち上がった長男が、赤ん坊を放っては受けとめ、赤ん坊はきゃっきゃっと声をあげる。

ゆきこがほしい

「雪子さん、踊ろうよ。ディスコ行くんでしょう」

わたしの膝には、加代子から押しつけられた加代子の赤ん坊がいる。

「加代ちゃんの御主人は？」

「ああ、彼ね、あんなの、どうでもいいよ」

息をはずませて、加代子は言う。

「今村さんは、仕事ですか」

わたしが今村葬儀店の主人の名を口にすると、皆は、踊りの手をとめた。

「ありゃ、死んだわよ」

ミツエが、あっさり言った。

「死んだ？　知らなかったわ。いつですか。わたし、軀のぐあいが悪くて寝こんでいたから」

「うちで葬式しないで、お寺さんで全部やったから、雪子さん気がつかなかったんでしょ」

「父さんはねえ、わたしが殺しちゃった」

加代子が言った。泣き笑いのような声を出した。

「せいせいしたよぉ。うるさかったもんね、父さん。二言めには、わたしのこと、馬鹿、馬鹿、ってね」

「ちがう、殺したのはね、俺」

次男が、また踊りだしながら割りこんだ。

「あいつ、がんこでさ、俺が結婚したいっていうのに、まだ早いとか何とか。てめえは十八で母ちゃんをこましたくせに」

「わたしなんだけど」

長男の女房が少し困ったように言う。

「あの、お舅さん、わたしにしつっこくて」

「知ってたよ、だから、俺が」

長男が、かぶせた。

「私だよ」最後に、ミツエがきっぱり言った。

からかわれていると思いながら、わたしは膝の上のぐにゃぐにゃしたもの、わたしにはとうとう作れなかったものを見た。

重野が三歳の幼児を連れてきたのは、わたしが寝こむ二、三日前だ。

「俺とおまえの子だ」と重野は言った。

重野に情人がいるとわたしに告げたのは、河野だった。

こんな、密告みたいなこと、いやなんだけど、でも、放っとくと、どうしようもなくなるかもしれないし。あっちの人に子供できているらしいし。小ぶとりの河野は、額と鼻の頭に汗の粒を浮かべて告げた。

重野はとうにわたしの冷たさを知っていたから、これも当然かもしれないとわたしは思い、河野は、じれったそうに、怒らないの、と言った。

こういうときには、怒るものなのだ。わたしはいそいで、腹立たしい顔をつくった。怒りはしないけれど、わたしは、とほうにくれていた。

重野との暮らしは、一応、安定していた。わたしは、必要なことは、そつなくやっていた。食事作り、掃除、洗濯、彼の誕生日には、いつもより御馳走をはりこむ。ズボンは毎朝プレスし、糊のきいたまっ白いハンカチを持たせる。こういうことをやってのけるのは、何の苦労もいらない。決まった手順にしたがっていればすむ。家事と身のまわりの世話を落ちなくやる代償に、そっと、この家に放っておいてほしい。わたしは、鈴蘭の鉢に水をやる。これだけは、重野にかかわりない仕事で、ほかの労力は、すべて、重野のためについやす。それで満足している。

重野に、わたし相手では倦きたりない、情熱の発散といったものを、十分に受けとめたしてくれるひとがいるのは、悪くないことかもしれない。わたしは怒りはしないし、怒る資格もないと思っているけれど、出て行けと言われることが、不安だった。相手のひとが、病気で入院することになったのだと、重野はわたしに言った。一年ぐらい療養の必要があるのだが、子供をみてくれる身寄りがいない。

「俺とおまえをのぞいては」

こういうとき、怒るものなのだ、と、わたしは思った。ふみつけにしている、馬鹿にしている、あなたがよその女に産ませた子供を、わたしに世話をしろというんですか。テレビ・ドラマなどによくでてくるせりふを、わたしは思い浮かべた。しかし、それは、わたしの気持にしっくりしなかった。

子供は、とりたててかわいくも憎らしくもなかった。

子供の世話ぐらいはできる、とわたしは思った。食事を作ってやり、危険なことのないように、目を配ってやる。

「いいですよ」

わたしが言うと、重野は、しらけた顔になった。わたしが泣きわめくことを予想し、はじめから高圧的に、頭ごなしに命じた、その力がからまわりした。

泣きわめいた方が、重野としても納得できたのだろう。かえって不機嫌になった。

「むこうが、躯（からだ）がよくなったら、ひきとらせる」

「いいですよ」

「おまえは……」重野は言葉を切った。情（じょう）ってものが無いと言おうとして、それは正確ではないと重野は気がついたのだろう、不人情なら、よその女に夫が産ませた子供の世話をひき受けたりはしない。

夜、鈴蘭を鉢から掘りおこし、根の土を洗い落とし、水をみたしたコップに、わたしはさした。翌朝重野は出勤し、三歳の子供は積木で遊んでいた。

一晩たっぷり鈴蘭の根をひたしたコップの水に、わたしはジュースを注いで、テーブルの上に置いた。黙っていようかと思ったが、「おやつにしましょう」子供に声をかけた。

こうするものではないだろうか。妻の誇りを踏みつけにされた女は。わたしは、ふつうの感情をもった人間だと、わたし自身に証（あか）したかった。重野もそれを確認したくて、ことさらわたしにひどい仕打ちを与えた、と、わたしには思えた。妻にしたのは冷たい化けもののような女ではなく、激しく愛し、激しく憎み、怒り、泣く女だと認めたくて。それでいて、わたしが手荒なことをこの子供にするわけがないと、安心している。これまで、彼のどれほどかってな言いぶんも、いやな顔一つせず受け入れてきたから。

＊

踊り狂っているミツエたちに目でさよならの合図をして、私は墓地を降りた。

踏切を渡った。通りを左に曲がり、酒屋、牛乳屋、肉屋、八百屋、と過ぎて、今村葬儀店の前に出る。店はしまっていた。そうして、店の前に今村修三がかがみこんでいた。

「お花見に行かないんですか」声をかけたが、今村の耳には入らなかった。

やはり、からかわれたのだと、わたしは思った。

左隣の文房具屋から、店番の老婆が出てきた。

「今村さんよォ、元気出しなさいよ。あんたがそうくよくよしてるのを見るとねえ」

老婆はすり寄って、いっしょにしゃがみこんだ。大男の今村と並んでしゃがんだ老婆は、干からびた魚のようだ。

「そりゃあねえ、奥さんから子供から孫から、あんなに大勢賑(にぎ)やかだったのが、一度にいなくなっちまったんだから、がっかりするのもむりないけどねえ。あんたもまだ、老いこんだって年じゃないんだから、若い嫁さんでももらいなさいよ。世話してあげるよ。今度はもう、酔っぱらい運転なんてせんことだね」

「運転したのは俺じゃないよ」

「ああ、あんたは乗ってなかったよ。そのおかげで、一人とり残されちまったねえ。ひどい事故だった。でもまあ、生きていれば、またいいこともあるよ」

「いきのいいのをたのむよ。前のより、もうちっとおとなしいやつを」

「いいともよ。また、たくさん産ませなよ。ただし、マイクロ・バスには乗せなさんな」

わたしが寝ているあいだに、ずいぶんいろんなことがあったのだなと、わたしは思った。風が吹いた。道ばたに丸めて捨ててあった新聞紙が舞い上がり、わたしの軀をつきぬけた。

ああ、そうか、と、わたしは思い出した。

鈴蘭の根をひたした水を、何も子供に飲ませなくとも、わたしが飲めばいいのだと、コップにのばした子供の手を払いのけ、わたしは、ゆっくり、のどに流しこんだのだった。

帰ってわたしの通夜の仕度をしなくては、と、わたしは歩き出した。煙草を買うのを忘れた。まあ、いいだろう。それより、座蒲団(ざぶとん)が足りるだろうか。また、茨城の親類縁者が大挙してマイクロ・バスで葬式にあらわれるのだろうか。いや、来ないだろう。それでも、近所の人ぐらいは焼香にみえるかもしれない。重野は茶の淹(い)れかたもわからなくて困るだろう。

通夜が終わったら、たぶん、小川に会える。そうだ。小川を探そう。わたしは足が軽くなった。心がはずんでいる。わたしは、恋が、わかるような気がしはじめた。

復讐

治代は庭をみつめていた。

夢なのだとわかっていた。夢であれば、どれほど奇妙な情景であろうと当然で、治代の目にうつるものは、むしろ穏やかすぎるとさえ言えた。

庭には白光がみちていた。植えこみの喬木、灌木、すべての葉が光に侵され、光を照りかえし、奥の方にかぐろい闇をかかえていた。

これほどに眩い庭は、夢のなかにしかあり得ない。

そうして、夢であることをいっそう証拠だてるように、庭の中央には浴槽が据えられてあった。大理石か何か、白いなめらかな石の浴船である。

湯の雫を撒き散らし、たわむれていた。

二人。白い裸身。五歳の童女と二十一歳の娘。一塊の陶土を二つにちぎりわけて作った像のように、同じ白さ、同じ薄紅さで、石のへりに腰かけ両脚で湯をはねかえし、浴船のなかに滑り入り、軀をくねらせ、葉洩れ日が濡れた肌に金の斑点を散らす。

治代の方を見むきもしない。

　ふたりが抱きあうと、ときどき、もとの陶土の一塊にもどったようにみえる瞬間がある。輪郭が溶けあい、わずかな凹凸もなめらかになる。すぐに、ちぎられたように離れ、快活な笑顔で湯をかけあう。

　童女はのどの奥がのぞけるほどに口を開いて笑い、その声は光に吸いとられてきこえない。

　娘の方は、のどをそらせて笑うたびに、乳房のうぶ毛が金色にふるえる。これも、声はきこえない。

　やがて、翳が浸透し、光景をふちどっていた樹々が山積みの書籍にかわり、治代は、ごく短いあいだ、まどろんでいたのだと気づいた。立ったまま睡ったのだ……。

　そのとき扉が開き、太い光の束といっしょに、男の店員が本の包みを満載した手押車を押しながら入ってきて、その物音に夢の内容はふっつり意識から消えた。

　ひどく怖い夢をみたという感じだけがまつわりついて残っていた。

　逆光になった男の顔が、野沢恒介だと認めた。

「香椎さんがみえていますよ」

　野沢は言った。

「ドアを閉めて」治代は言った。その声音が自分でも思いがけないほど切迫していた。

野沢は驚いた目で治代を見た。

店では、治代は彼に対して、上司が部下に接する態度をくずしたことはなかったのだ。

咎めるように野沢は軽く首を振った。

夢の底からすくい上げてほしくて、思わず治代は言ったのだが、すぐに、唇から出てしまった言葉をのみこもうとした。

「誰がどうしたんですって？」

治代は問いかえした。目を野沢の厚い胸からそらすのがむずかしかった。

「香椎さんがみえている」

香椎さんというのが誰なのか、とっさに思い浮かばない。うろたえた気持を押しかくして、「そう、香椎さんがね……」と、さも、わかっているように答えた。

周囲の壁が書物の山でかくされた倉庫のなかに、まだ、さっきの夢の怖ろしい感じがただよい、その怖さに何かなつかしいような気分も混る。

しばらくここに一人でいたら、また、ふっとあのなかにひきこまれていきそうな気がする。

野沢は、手押車から包みをかかえ下ろす作業にかかった。背の筋肉が怒張し、ねじれ、ゆるむさまが、シャツのよじれを透かしてあらわれる。脚を踏み開いて腰を落とし、腿の筋肉がはりつめるとき、ズボンの脇の縫目がほころびそうになる。その動きに若々しいのちがみえる。

判を押すばかりになっている一枚の紙が、白くくっきり浮かんでくる。婚姻届のその用紙に、野沢と治代の二人の名を記し捺印することは、二人のあいだでは了解ずみなのに、約束をかわしてからかえって彼が遠くなったようだ。

三十の男と三十六の女。深い淵のような六歳の年の差を埋めるため、なりふりかまわず男の胸に顔を押しあて泣き乱れた、そのときの狂乱が更に浮かんできて、治代は力ずくでそれを消し去ろうというように頭を激しく振った。

野沢が持ちあげた包みの、ハトロンの包装紙が破れ、本が床にくずれ散った。B5判の絵本で、船の竜骨と鳥の翼を組み合わせた絵が表紙に描かれ、『夜の旅　朝の夢』というタイトルと、『香椎良　文・絵』という著者名が治代の眼に入り、そのとき、頭の一部がふいにすっきりして、「香椎さんは事務室？」と、治代はわりあい確かな口調で訊いた。

野沢は無言でうなずく。よぶんな言葉はひとことも口にすまいというように、そっけない。治代がひとりでいるところに足を踏み入れてしまったのを、まずいと思っているのかもしれない。

寄せつけまいとするような野沢をみていると、治代は胸苦しく、軀が磁力で床に吸われるように重くなった。

ああ、また、はじまりかけていると思い、治代は呼吸をととのえた。

野沢の胸にもたれこみたい衝動が、いっそう、貧血めいた症状を誘いだす。気をとりなおし、思いきって彼のそばを離れれば、倒れたりする醜態はさらさないですむことがあり、軀の病気というよりは一種の神経症状なのだと治代は自分で診断し、ひどくそれを恥じていた。

野沢も最近では治代のめまいは甘えの変形と気づきはじめたのではないか。そう思うと、いっそう、口惜しいほどの恥ずかしさがつのる。

人一倍気丈なつもりが、軀が裏切って甘えをあらわにする。

治代は、思いきって倉庫を出た。ドア一つを境にした店は、蛍光灯で明るい。失神発作を起こすまいと、治代は気をはった。すると、軀に力が戻ってきた。

店内の様子が目に入る。ふだんより女性客が多い。それも、学生ふうの若い娘が大半である。

カウンターの横に『夜の旅　朝の夢』を積み上げたデスクが置かれ、『香椎良サイン会三時より五時まで』とサインペンの太い文字で記した紙が垂れている。治代はそれを横目で眺め、満足してうなずいた。

香椎さんは事務室？　と野沢にたずねたとき、いくらかあやふやながら、このことを思い出していた。それがまちがっていなかったので、安心した。立ったまま夢を見たりするのは、あまりいい健康状態とはいえない。まして、自分の名前と同じくらいはっきり知っているはずの人物の名がとっさにわからないというのは、いかにも頼りなかった。

香椎良の絵本は、子供よりもむしろ女子学生に人気がある。甘美で神秘的な画風が、彼女たちの好みにあうとみえる。国際的な賞を獲得したので、いっそう人気が高まった。店内をうろうろしている女子学生たちは、香椎良のサインめあてである。ひとりがデスクの前に立ったのをきっかけに、行列ができはじめた。壁の掛時計に目を上げて開始時刻までにまだ二十分もあるのをたしかめ、治代は奥の事務室に行った。

香椎良はソファにくつろぎ、店長とむかいあって珈琲（コーヒー）を飲んでいた。

香椎の隣には神原暁子（かんばらあきこ）が小柄な軀をそっと寄り添わせている。神原暁子が繊細な詩人として世に名を出したのは、もう二十年も前のことで、現在は詩人としてより童話の翻訳家として知られている。髪をマシュルーム・カットにし、薄紫（モーヴ）のセーターに、くるぶしまでかくれる黒いヴェルヴェットのスカートの神原暁子は、華奢（きゃしゃ）な軀つきのせいもあって年齢不詳の感じを与えるが、すでに五十を過ぎたはずである。二十も年下の香椎と同棲していることは、公になっていた。

神原は何か不安そうに、奥まった小さい眼の黒眸がせわしなく揺れている。

治代が近づくと、店長は椅子に腰かけたまま、「うちのベテラン社員、越野です」と、ひきあわせた。

書店は、都内にチェーン店を幾つか持ち、店売のほかに出版部門もある数少ない大手の一つである。テナントの大半がブティックであるビルの六階ワンフロアをしめるこの支店で、治代は最古参であった。店長よりここでの勤続年数は長い。香椎良の絵本が賞の候補にあがった段階で、受賞したらすぐにもサイン会を開催できるよう準備することを店長に提案したのも彼女であった。それも、彼女の発案としてではなく、店長が自分で考えたように話をもってゆく分別も心得ている。

その賢明さも、野沢に対したときは牙が萎えたけもののようになる、と、治代はひそかに口惜しさをかみしめる。

「越野さんには、一度お会いしていますよ」

香椎が細い指で長い前髪をかき上げながら愛想よく言い、「ああ、そうでしたな。初対面ではなかった。まあ、かけたまえ」と店長は隣の空いた椅子を治代にすすめた。

受賞以後、多忙をきわめる香椎をサイン会にひっぱり出すため、治代は一度彼に会いにアトリエまで足をはこんでいる。神原暁子ともそのとき顔を合わせた。香椎がサイン会を承知したのは、治代の感じがよかったからだと、彼自身口にしている。

店長と香椎がさっきからの雑談のつづきをはじめたので、治代は神原の相手をつとめるかたちになった。

「先生の翻訳なさる童話、評判がよろしくて」治代が言うと、ちょうどコーヒーカップを口もとにはこびかけていた神原の手が、激しくふるえだした。

「ひとのものを訳していても……」神原は、声が昂ぶるのをむりに抑えようとし、咳こんだ。

「もう少しまともな、自分の仕事をしなくては……」ほとんど聞きとれない低い早口で神原は言い、その唇も痙攣した。

治代はまともに相手を見られない思いで、

「でも、読者も、神原暁子先生が紹介している本だからと、先生のお名前を信頼して買いますのよ。先生が訳されるのは、すぐれた作品ばかり……」

「それもこのごろは、選択は出版社まかせで、屑がふえて……」

「私、猫の話を書くつもりですの」ふいに神原暁子は頭をしゃんと上げ、切口上になった。「年内にはしあげますわ。大賞をとって、お宅で、今度は私のサイン会をしますす」とってつけたような甲高い笑い声をあげた。

「マゾヒストの猫ですのよ、主人公は」

マゾヒストの猫ですか。ああ、私、知っていますわ、そういう猫を。

神原の言葉がきっかけで、治代は突然、昔のことを思い出させられた。

野良猫だったな。死別した先夫越野と結婚する前、下宿にひとりで暮らしているころ、ときどき部屋に入りこむ猫だった。食事の残りをやったら、なついた。たわむれに首をしめたことがある。苦しがるくせに、逃げていこうとはしなかった。親指と人さし指でのど骨のまわりに輪をつくり、その輪をちぢめてゆくとどこまでもちぢまるので、思いがけない猫の首の細さに驚いた。指をゆるめると舌を出して喘ぎながら、媚びる目をむけて軀をすり寄せた。力をゆるめるのがおそすぎて、あるとき、死んだ。

あの骸はどうしただろう。……埋めた？

*

母親から見合を強制されて弱っていると野沢に告げられたのは、一月ほど前のことだった。

いつまでひとりでいるつもりだ、一生結婚しない気かと、うるさくてかなわない。会うだけでも会ってみろ、それでも嫌ならことわればいいと言われると、逃げる口実がない。

写真は見たんでしょ。どんな感じだったの。

ああ、と野沢は生返事をした。

悪くはなかったのだなと、治代は察した。

それは、会ってごらんなさいよ。いいひとだったら、もちろん私も喜んでお祝いするわ。

強がっているつもりはなく、治代は言った。

縛れば男が逃げ腰になる。逃げ腰になった男には、女の肌や衰えや年齢の差が、それまでになく際立って感じられることだろう。若い男がそういうとき、どれほど残酷な眼になるか、治代は、わからない年ではなかった。少しでもさげすみや哀れみの色を相手に見ることは耐えられない。

三年前、治代が夫に死別したとき、若手社員の一人として葬式の手伝いに来てくれたのが野沢であった。七歳のとき両親が離婚し、そのあと母親一人に育てられたという野沢は、そのような翳(かげ)りは少しもみえず、野放図ともいえる豁達(かったつ)さと気配りのこまやかなやさしさがごく自然に身についていて、何かにつけて治代は彼に相談をもちかけるようになった。亡夫とのあいだの一人娘、いまでは五歳になる道子(みちこ)も彼になつき、それでも結婚の対象として彼を考えてはいなかった。彼の母親の反対が目にみえていた。

結婚というような形は、治代自身、しいて望まなかった。

ひとりの女がひとりの男と、ある時間、稠密なときを持つ。

その時間は、他のいっさいのことから切り離されていた。ことに〈生活〉は入りこむことがなかった。日中、保育所にあずけてある道子を、そのときは更に実家の母のもとに連れてゆき、あずけることにしていた。

体格がよく、一人前の分別ありげな顔もみせる野沢が、二人でいるときは少年のようになる。

治代は、彼をからかい、じらす余裕があった。しつっこくまつわってうとまれる愚かなまねはせず、彼のなかの若々しいけものがめざめ、飢え、媚び、苛だち、求めてくるのを待つ。手綱をさばくのは治代であった。

彼の母親が編物が好きなのを知って、治代は彼にセーターを編んだ。

早く完成するように極太の毛糸でざっくりと、それも機械は使わず、一針一針、棒針で編んだ。

深夜、一針ごとに彼の名と自分の名を呪文のように交互につぶやきながら、編み進み、胸に太い縄編みを入れ、編目と編目をよじるとき、二人の軀がからまりあうところを、それがほとんど実像として見えてくるほど執拗に思った。

治代はそのとき、男と女の激しい息づかいを耳にし、それが編みながらの彼女自身の荒々しい喘ぎだと気づいてぞくっとしながら苦笑にまぎらせたりもした。

二人でいるとき以上に、深夜ひとりのとき、治代は彼と激しく愛撫しあった。セーターを編み、手袋を編み、マフラーを編んだ。鱗が一枚一枚はがれ落ちるように、母親の破片が彼からはがれ落ち、彼は何も気づかず、治代の皮膚を自分の肌に移植する。

治代の編んだ純白のバルキー・セーターを無造作に着ている彼は、肉の軀をあわせる以上に、治代のなかにいる。そうして、そんな状態にあるのを彼自身はわかっていないということが、治代にはたのしい。このようなたのしみは、結婚してしまえば力を失うのだから、今のままの状態の方が、はるかに好ましい。

治代は、思いの激しさを相手にはさとらせぬよう、心をつかう。熔岩がたぎり、硫黄のにおいが噴きあがる火口を、男にさらすわけにはいかないのだ。

更に、靴下、ハンカチ、煙草ケース、財布、ライターと、さりげなく贈り、シャツをプレゼントし、やがて贈り物が肌着にまで及ぼうとしたころ、見合の話を告げられたのだった。

――私の肌でくるみかくしてしまう寸前に、母親が斬りつけてきた……。

どうだったの。見合の翌日訊くと、

かわいいんだけれどね、まるっきり子供なんだ。まだ学生だぜ。やはり、まわりがやいのやいのと心配して、見合にひきずり出したらしい。

今どきの女の子、二十一にもなって、まるで子供ということはないでしょう。

それがあるんだから、天然記念物だよ。ボーイフレンドの二人や三人いるのがあたりまえなのに、まるでそのけがないから、まわりが気をもみはじめたわけだ。

よほど、もてないの？

かわいい子なんだがな、と野沢は、また言った。九つも年下だと、異星人だね。何を話題にしたらいいのかわからない。

店に連れていらっしゃいよ。私がかげからそれとなく観察してあげる。いくらかの余裕をもって、治代はそんなことを言った。

その後、野沢はその娘のことを口にしなくなったので、ことわったのかことわられたのか、はなしは終わったのだろうと治代は思った。しかし、治代と夜のときを持つ回数も減ってきていた。

ちょうどそのころ、道子が保育所で麻疹をうつされてきて高熱を出し寝こむという事情が重なり、治代は、野沢とのかかわりが間遠になったのは、こちらの都合によるものと思っていた。

治代は店を休んで道子につきそった。軀が病むと、子供は何か本能で動く動物めいたところが強くあらわれてくる、と治代は思い、熱のにおいがこもった蒲団にうずくまった子供が喘ぐと、自分の躯のなかが病んだ。どうにもしようのないところで、躯が共感しあっている。かなわないなあ、と思うと、自分の躰細胞が分裂し増殖し、この熱っぽいにおいのものになったのだと、あらためて思わされ、再び、やりきれないなあ、と吐息が出る。

共感しあうのは躯の苦痛だけで、子供の心の中は感じられない。

ようやく熱がさがり発疹も消え、伝染の心配はないと医者から証明書をもらって保育所に提出し、またあずけて店に出るようになるまで十日あまりかかった。

野沢の相手の娘をはじめて店でみかけたとき、治代は、最初そうとは気づかなかった。写真をみたわけではないので、顔を知らなかった。

その娘が治代の注意を惹いたのは、肌の色がとびきり白いことや、薄地の布にたっぷりギャザーをいれてふわふわさせた花柄のスカートの愛らしさ、黒眸の部分が多すぎてどこを見ているのかわかりにくい眼の感じ、などのせいというより、長いあいだに培われた治代の書店員としてのカンによるものだった。

やりそうだな、と思った。治代はカウンターの中にいた。文芸書、ノン・フィクション、雑誌、と、棚が三列に縦に並び、その右に文庫の棚がこれは横に並列している。

左は翻訳書と児童書で、これも横並びになっている。

文芸書の棚の前に、新刊書を平積みにした台がある。コンクリートの太い角柱があいだを置いて立ち、その柱にも、蔦がからむように書物がからみのぼり、カウンターと反対の隅に文房具コーナーがあって、そこにも店員を配置してあるのは、万引き防止を兼ねているが、それでも売場面積が広いので死角になる場所があった。

娘は、浮き浮きとたのしそうだった。左手に花柄の手提げを持ち、曲げた腕に雫の したたる傘の柄とレインコートをひっかけている。朝からじとじとしていたのが、本降りになったらしい。体重を感じさせないしなやかな身のこなしで、娘は文芸書の棚の前を通りながら手をのばし、一冊ぬきとって左手に持ち、少し歩いて更にもう一冊その上に重ねた。

堂々とぬきとったので、治代は自分のカンが狂ったと思った。

娘は二冊の本を左手に持ったまま、棚や柱のあいだを見えかくれに縫い歩き、カウンターに来た。そうして、これをください、と手にした二冊の本をカウンターに置いた。

手芸の本と料理の本。

さっき抜きとったのは、文芸書だった、と治代は確信を持って思う。しかし、娘の動きをたえずみはっていたわけではない。死角になった場所で、文芸書は手提げにしまいこんだのだ、そう思うのだが、文芸書はもとに戻し、料理と手芸の本にしたと考えることもできるので、うかつに疑いをかけるわけにもいかない。

　他の店員が娘の応対をしているあいだに、治代は文芸書の棚の前に行ってみた。

　並んだ本のあいだにところどころ隙間があって、ななめに倒れかかったりしている。しかし、他の客が買ったあとかどうか、補充カードとつきあわせてしらべなくては、正確なところはわからない。一番手っ取り早いのは、娘の手提げの中をのぞくことだけれど、もし娘が潔白だったら厄介なことになる。

　店員のなかで、娘が本を手提げにしまうところを見たものはいなかったのだろうかと、治代は見まわした。

　万引きを摘発したところで点数があがるわけではない。見逃しても別に個人の成績にひびきはしないのだが、治代は少し意地になっていた。

　本というのは、どうして、ほかのものにくらべて盗み心を誘うのだろう。手軽だからか。それだけではないような気が、治代はする。

　なぜだろう、なぜだろうと思いながらカウンターの方をむくと、娘はこちらに背をむけて野沢と話している。倉庫で在庫品の整理をしていた野沢が、いつのまにかカウンターの中に入っていた。

　気のせいか、野沢がひどくやさしい眼になっていると治代には思えた。

下瞼がふっくらした野沢は、笑うといかにも柔和になるのだが、その笑顔を治代はここ久しく見ていない。

うしろから見ると、娘は、はじめの印象よりずっと大柄で、背も腰も幅広い。ふてぶてしい猫の臀のようだと治代は思った。

野沢が見合したというのがこの娘、と、これもまた直感で浮かんだのだが、まさか、と治代は打ち消した。つきあっている相手の勤務先で、わざわざ万引きするような馬鹿がいるわけがない。

そこで、治代の想像はもう一つ先に進んだ。あの娘、野沢との縁談をことわりたいのだが、周囲の事情でことわりにくい、それでわざと盗癖のあるふりをして……。この想像はあまりにこじつけがましかった。何も、自分にひどい傷のつくようなやり方をしなくても、もう少しましな方法があるはずだ。

野沢と眼があったとき、治代の直感は確信にかわった。野沢はうろたえ、うしろめたさと困惑のいりまじったような複雑な表情になり、それからとりすました。

いつも、心の中があけっぴろげに顔に出る野沢に、このぎごちなくとりすました表情は似合わない。

娘は肩のあたりに手をあげ、ちょっと振るようにして、店を出て行く。治代はあとを追って手提げの中を見せてくださいと言いたいのを抑えた。

店にいるあいだ、野沢は治代と私語をかわすすきをつくらないようつとめている様子だった。治代も、さりげなくふるまっていた。

黙っていると、喋(しゃべ)ってしまいたい衝動が野沢のなかに溜(た)まってゆくのが、治代にはありありと感じられる。

治代を無視するという方向に、野沢の気持がふっと動けば、そんな衝動の累積はあっさり放り出してしまうことができるはずなのに、野沢は律義にその重さをもてあまし、いつも早番で六時には店を出る治代が帰り仕度にかかろうとするころ、何か気負いたったように近寄ってきて、「あれだよ」と、小声で言った。

あれって何？　と、しらばくれることもできたが、小意地の悪いことをして嫌われることもないと、

「ああ、さっきの、あのお嬢さん」と、あっさり応じた。「そうじゃないかと思ったわ。ずっとつきあっているの？」

「まだ、五回……いや四回」と野沢は目を上げて正確に思い出そうとするふうで、

「四回だ」

「決めたの？」

「そのことで、話があるんだ」

今日、ぼくは遅番だから、夜、あなたのうちに寄る、と野沢はささやいた。

家は、死んだ夫が親からついだ、古びた、だだっ広い木造家で、夫ののこしたものがどの部屋にもある。子供の絵本や玩具(おもちゃ)が思わぬところにころがっていたりする。無駄な出費と思わないでもないが、いつも、野沢とのときはホテルを利用することにしていた。

「それじゃ、いつものところ」

「急に言われても困るわ」

子供を母のところにあずけなくてはならない。突然だと、母はきげんの悪い顔をする。几帳面(きちょうめん)なひとで、前もってきちんと段どりをつけ、万事その予定どおり事をはこぶのが好きなのだ。あずけるときは、三、四日前から予告しておく必要がある。そのため、野沢と会うのも、思いたったその日にというぐあいにはいかず、小学生の遠足のようにあらかじめ日時を決めなくてはならなかった。

それでも、今夜といわれて、都合をつけることが不可能というわけではない。母の口叱言(くちこごと)や不満など、聞き流せばすむことだし、病気上がりでまつわりつきたがる子供も、突き放す気になればなれる。それを渋るのは、野沢の口から決定的な言葉をきくのではと、怖いからだ。

それでいて、子供をあずける都合があるから、と、〝だめよ〟の理由を野沢に言う

うちは、だめよ。治代は言った。

のがはばかられる。〝子供〟を二人のあいだの話題にのぼらせたくないのだ。はじめのうちこそ、野沢になつく子供が、二人をくつろがせ親しませたけれど、今では、まったく切り離しておきたい。子供の世話にかまけるところを野沢の目にさらしたくないし、〝女〟の部分を子供との生活になしくずしにまぎれこませたくない。そのために、野沢との結婚は考えないできた。

「明日なら、いいだろ」

「ええ、いいわ」

治代は言い、——あの娘さんは、盗癖があるのよ——のどもとまでふくれ上がった言葉が、口を出ない。

野沢のいる店で万引きをするというのは、いったい、どういうつもりなのだろう。

しかし、今、それを言えば、野沢はいやがらせの中傷と受けとるだろう。

売り上げとつきあわせて、盗られた本があるとわかったところで、それがあの娘のしわざという証拠はないのだし。

あのとき、何とか口実を作って手提げの中をあらためればよかった。あの中には、包装されてない、補充カードがはさまったままの文芸書が二冊、巣ごもりした小さい生きもののようにひそんでいたにちがいないのだ。

そう思いながら、やはり野沢には告げない方がいいと治代が思うのは——万引きをしたと知ったら、野沢は辟易しながらも、いっそうあの娘に惹かれるのではないか——そんなふうにも考えられたからだ。

野沢には、そういう危なっかしいところがある。盗みは不正だ、賤しい、と憤る前に、何か輝かしい行為だと、ポーズではなく実感してしまう。もっとも、盗みにもよりけりだけれど、あの、見た目に愛らしい、いかにも無垢な印象の少女が、細い指を走らせ無邪気に悖徳の行為を行なう、と想像しただけで、彼はいくぶん夢見心地に、その行為を許容してしまいそうだ。

所有権というのは、いったい、どういうことなのかなあ、などと、いやに抽象的なことをまんざら冗談でもない口調で言ったこともある。ものは、もの自体として、そこにあるわけだろう。どうして、誰が、所有の権利を絶対的なものとするのかなあ。

更にもう一つ、少女の犯罪を共有することで、彼は母親に対するひそかな勝利者になれるのだ。

見合は、母親にすすめられたものだった。母親は、それとは知らず、溢れる愛情をもって毒麦を息子にすすめている。

娘の盗癖を知った彼は、腹のなかで母親を嘲笑するだろう。やさしさを捨て切れない彼のことだから、母親を傷つけないために、娘の傷をかくしてやるのだというような口実で自分自身をだますかもしれないけれど、ひそかな悪意は確実に力を得るにちがいない。

あれこれ思いながら店を出ると、外は激しい吹き降りだった。車を運転して保育所にまわり、子供を受けとった。道子は粗相をし、保母のぶかぶかのパンツを穿かせられていた。

「今日は二度なんですよ」

若い保母は、うんざりした顔で言う。

「すみません。洗って、乾き次第おかえしします」

新しいスカーフでも添えてかえせばいいかしら、それとも絵本を添えようかと、すぐそんなふうに気が働く。いやだなあと思う。いやだなあと思うのは、野沢といっしょにいるときの治代自身の眼で、そつのない母親である治代を見るからだ。

ワイパーがいそがしく雨をぬぐう車の助手席で、肩からシート・ベルトをななめにかけられた道子は、陰気に萎えた顔をしていたが、途中で急にはしゃぎはじめ、調子のはずれた甲高い声でたてつづけに歌をうたった。歌いながら横目で治代を見、また唐突に黙りこんだ。

その夜はなかなか寝つかず、炬燵で頬杖ついた治代の横にへばりついたまま、お話をしてとせがみ、狐さんがどうとかして、狸さんがどうとかして、と治代が口からでまかせを並べたてているうちに、ようやく睡った。

蒲団（ふとん）にはこんで炬燵にもどると、箍（たが）でしめつけられるような頭重（ずおも）と、胸苦しさが意識にあらわになった。

野沢が去ろうとしている。そのことが、こんなに軀（からだ）に苦痛を与える。病気になる前触れのように、軀がだるく辛（つら）い。

常備してある安物のワインとグラスを台所からはこんできた。注ごうとする手がふるえて、ワインはグラスの外にしたたった。

あのむすめは、頭がおかしいのよ。おとこのめのまえで万引きするなんて、まともじゃないわ。まともじゃないわ。でも、ああいう若いかわいいむすめは、なにをしたってゆるされるのよ。頭がへんであることまで魅力になる。あのむすめは魅力があるわ。わたしまで、ぼうっとみいられそうだわ。あのむすめが万引きをするむすめだからよ。それも、すきなおとこのまえでへいきで万引きするむすめだからよ。へんな、わけのわからない、むじゃきそうでかわいらしいむすめだから。でも、だまされてはだめよ。うしろからみればわかるわ。ずうずうしいネコのようなおしりをもったむすめなのよ。あんなの、お化けよ。血がかよっていないわ。やめなさい。やめなさい。

ブザーの音がし、治代はグラスをとり落とした。割れた切口が煌（きらめ）いた。治代はその上に手をついて立ち上がった。鋭い痛みに、一瞬気持がはっきりし、ああ、あのひとが来た、やっぱり来た、私が呼び寄せた、あのひとは来ないではいられなかった、と、玄関の方に立って行った。足もとがゆらいだ。

扉を開けると、思ったとおり、野沢が立っていた。つぼめた傘から雨水が流れ落ち、その傘は横なぐりの雨に何の役にも立たなかったとみえ、髪から雫を垂らしていた。

治代は土間に裸足で下り立って、腕をつかんでひき入れ、すると、眼の前に、黒い深い穴が立っている。その穴の中に頭から落ちこんでゆく。「手をどうしたんだ」

*

「それで、その猫がね」神原はせきこんだ口調で話をつづける。

ああ、このひとはさっきから、ずっと猫の話をしていた。彼女が今年中に書きあげるという童話だ。

——私は少しも聞いていなかった。

彼女が身ぶり手ぶりを混えて話しているあいだじゅう、私は思い出していた……。

治代は思い出していた。

見合の話を母親にことわった、と、野沢が言った。

何と言ってことわったの。

以前からつきあっているひとと、結婚する、と言った。

お母さまは反対なさったでしょうね。

ああ、と野沢は言い、それ以上何もつけ加えなかった。

野沢と、結婚という形に入りこむほかは、なくなってしまった。

そう決まってからはじめて野沢と過ごした夜、二人はひどくぎごちなかった。互いに、相手から逃れたいのにむりに結びあわされたようで、しかも、そんなしらじらしたものがあらわになるのを懼れ、いつもよりはしゃいだ声をあげてみたりした。

治代は、結びあわされた鎖が未来にのびるのを見、野沢もまた同じものを見ていると思い、泣きたいほどの気分になる。

野沢がほかの娘と結婚する、野沢を失う、と思ったときの喪失感に耐えきれず、しゃにむに奪い返し鎖でがんじがらめにしたのは治代自身なのに、このような空虚さがつづくとは、そのとき予想もしなかった。

うとましさをより多く感じているのは野沢の方だと、治代はわかるので、それがいっそう耐えがたい。

寛大に、あの娘との結婚をみとめ、娘から野沢を奪う方が、どれほど輝かしかったことか。しかし、それも危険な賭けだ。奪いとれる自信は乏しい。

深夜、母親から錯乱した電話が治代のもとにかかってきた。

母親は、罵り、野沢を電話口に出せと言った。

いません、と治代は言った。

それじゃ、どこにいるんですか。

知りません。

でたらめを言わないでください。そっちに入りびたっているんでしょう。

自分の年を考えてみなさい、とか、息子をまるめこんで、というようなことを母親は言い、治代は受話器を少し耳から離して、自分の家に帰らないとすると、野沢はいったい、どこに泊まっているのだろう、どこから会社に出てきているのだろう、といぶかしんだ。

翌日、会社でそれを野沢にただすと、友人の家を泊まり歩いている、と憔悴(しょうすい)した顔で言った。

うちにくればいいじゃないの。

野沢は、輪郭のはっきりしないものを見さだめるときのような眼で治代を見て、届けを出したら、そうする、と言った。

ずいぶん几帳面(きちょうめん)なのね。

四六時中、野沢と顔をつきあわせていることになるのを思い、治代は少し辛くなり、野沢も、辛さを押しこらえているふうだった。

あのお嬢さんは、私のことを知っているの？

に知っているだろ。野沢は言った。おふくろが、ことわるのに、洗いざらいむこうに喋（しゃべ）ったようだから。

野沢の声を聞きながら、治代は、黒い深い穴にすっと、軀が落ちこむ感じで倒れかかり、ああ、楽だ、と思った。

朝から頭が重くて、自分の居場所もわからないような感じだったのに、今はこんなに明晳（めいせき）に、順序だてて思い出せる。もつれた糸の正しい一端をさぐりあてたように、するするほぐれてくる。

道子の姿がみえなくなったのは、先週の日曜日だった。店は年中無休だけれど、店員は交替で休みをとる。治代は保育所の休み日にあわせて日曜を公休にしてもらっている。

天気がいいので風呂場（ふろば）で洗濯をしていた。庭に干しに出ると、そこで遊んでいるはずの子供がいなかった。家の中にもいる様子がない。黙って外に出てはいけないと厳しく言ってあるのだが、禁止を破るようになったと思いながら、前の通りに出てみた。古くからの住宅地で、住人は年輩のものが多く、子供はあまりいない。この近辺に道子の遊び仲間はいないはずであった。

それでも、心あたりの近所の家を二、三軒たずね、実家にも電話をし、どこにもいないとわかると、手足の先が冷たくなった。しかし、こういうときにはめまいの発作は起こらないのだ。かえって、きりきりと軀の中で何かが激しく気負いたっている感じで、治代は探しまわり、留守にしているあいだに帰ってきているかもしれないと、いそいで家に走り戻ったりした。

三時ごろ、ひょっこり帰ってきた。どこに行っていたの。黙って遊びに行ってはだめでしょう。肩をつかんでゆさぶると、道子はうつむいて、眼だけ上眼づかいに治代にむけ、強情に黙っている。ポケットがふくらんでいるのでさぐろうとすると、道子は軀をよじって逃げかけた。それを押さえて、なかのものをとり出した。チョコレート。あめの缶。スーパーマーケットの値札がついていた。

「どうしたの。誰にもらったの」

道子はにやっと笑い、治代の手からす早くチョコレートをとり戻し、走り逃げ、少し離れたところできげんのいい声ではなうたをうたいながらぴょんぴょん足をあげ、両手で頭の上に輪をつくり、でたらめな踊りをはじめた。

その次の休日——昨日の日曜日、スーパーマーケットに道子を連れて買い出しに出た。

道子が奇妙な動作をするのを、治代は見た。兎の縫いぐるみの形をしたバッグを道子は持っているのだが、菓子の売場のところで、そのバッグをチョコレートの上にかざし、バッグでかくすようにして、一枚とった。

芝居めいた、わざとらしい仕草なので、かえって目についた。

治代は驚いて子供をみつめ、それからふいに嫌悪感におそわれ、「いけません」と、鋭い声を出した。道子はびくっとしてチョコレートを握りしめた。

「もどしなさい」

治代は子供の手を打った。道子は口惜しさをむき出しにした眼で治代をにらみ、涙が瞼のふちに盛りあがったが声はあげなかった。

治代はチョコレートをもぎとって、台に放りかえした。道子の腕を握って、ひきずりながらレジの方に行くと、「今日はあの色の白いきれいなお姉ちゃんといっしょじゃないの?」レジの女の子が愛想よく道子に声をかけた。

治代がふいに叫び声をあげて椅子から立ち上がったので、他の三人はあっけにとられた。

治代は血相をかえ、店の方に走っていった。「野沢さん、野沢さん」と人前もはばからず呼びたて、倉庫をのぞいた。野沢がそこにもいないとみると、身をひるがえし、店を走り出て、屋上に通じる階段をかけ上がった。

屋上の胸壁をまたぎ越えた。

光が眩いなかで、道子と娘がたわむれている。白い躯に陽光が黄金色の斑紋を散らす。

光にむかって、治代は眼を見開く。光は虹彩を灼き、灼きつくす。

治代は墜ち、その時刻、彼女の家を訪れた治代の母親が、小さい骸をみつけた。折檻の痕と思われる傷が無数についていた。

暁神

林を抜け出ると、白い道がつづいていた。砂利道であった。朝日を浴びた小石の一つ一つが、明暗をくっきりときわだたせていた。

足の裏が痛い、と弓子は思い、裸足なのに気がついた。薄いストッキングは穿いていたが、靴はなかった。どこで脱いだのだろう、と、ぼんやり訝しんだ。

光がまぶしかった。踵に小石の角がくいこむので、爪先立って歩いた。すると、軀の重みのかかる部分が、いっそう痛かった。

こまかい光の粒子は、ガラスの破片のようにきらめいていた。爪先が痛み、踵を下ろすと、踵が鋭く痛んだ。弓子は、自分の軀の重さをもてあました。

こんなにも、軀が重い。その重みをささえている足が、砂のように頼りない。

のどが涸いていた。唇のまわりの皮膚が、ひりひりとひきつれた。重い腕をあげ、指を唇のはしに触れると、鱗のような粗い手ざわりだった。

周囲は、あっけらかんと明るかった。白いホリゾントしかない舞台のようだ。

道の両側には埃をかぶった雑草が、朝露で汚れ、右手は空地、そのむこうに丸いガスタンクが二基。左手は、いま抜けてきた林。それらは目にうつっているのに、しらじらとからっぽの光景としか感じられない。

背後でクラクションが鳴った。

遠いもののように聞いていた。たてつづけに何度も鳴り、頭の中にその音がひろがった。

立ちすくむと、クラクションは、いっそうけたたましく鳴った。

車の獰猛な気配に押され、道のはしに寄った。足の下で草の汁がにじみ、青くさいにおいが足にからまりながら、たちのぼった。野生の薄荷のにおいかしら。

車は、脇をすり抜けた。運転している男が、追い越しざま、窓から首を出し、何かどなった。

小型のオート三輪だった。後部の荷台に木箱がすえてあった。荷台の半分をしめる大きな箱で、一方は、板のかわりに鉄の桟がはまっていた。

檻であった。

車は、数メートル走って、止まった。

弓子は、ゆっくり歩いていった。

止まっている車の荷台に突きあたりそうになった。目の前に檻があった。

痩せた犬が一頭、横たわっていた。茶色っぽい短毛の雑種で、荒い呼吸をしていた。毛はところどころすり切れ、肋骨が浮き出していた。その骨が、妙な形に折れくぼみ、骨折しているのではないかと、弓子は思った。

犬は、ときどき、ひゅーっと咽喉を鳴らした。口のはしに白い泡が盛りあがり、荒れ、血が混っていた。口のはしは、耳にむかって切れ、泡のあいだから、傷口の肉が薄紅くみえかくれした。

助手席側のドアを開けて、運転手が首をつき出し、「おう」と顎をしゃくって、乗れ、という仕草をした。弓子が黙っていると、「乗れよ」と言った。

弓子は、乗った。

運転手は腕をのばしてドアを閉め、発進した。それから、「病院か？　警察か？」と訊いた。

けげんな顔で、弓子は運転手を見た。

「話したくねえんなら、それでもいいけどよ、どっちか行かなくちゃならねえだろ」

「どうしてですか」

「いいよ、いいよ、すっとぼけようってんなら。うち、どこなんだ。そのかっこうで、うちに帰るつもり？　送っていってやってもいいけどよ、あまり方角違いじゃ困るんだ。駅で下ろしてもいいのか？　俺はこれから一仕事だから。病院だろ？　え？　まず、病院に行きたいんだろ。俺は、おせっかいは嫌いだからよ。早いところ、かたをつけさせてくれよ」

「犬が死にかけていますね」

「ああ、あれは、クズだ。あれじゃ、しようがねえ。大将をつかまえなくちゃな」

「狂犬ですか」

「いや。日本には、もう、狂犬はいないのよ。ここ十何年か、狂犬病は全然発生していない。絶滅したとみなしていいらしい」

「野犬？」

「ああ」

俺は、おせっかいで言うわけじゃないけど、と、男はまた言った。「やっぱり、警察ってのがいいんじゃないかな。他人のことだからね、俺がむりにこうしろとは言えねえが、泣き寝入りってのは、つけあがらせるからね。おぼえてるんだろ。相手の人相とか、年ごろとか、人数とか」

運転手の視線に誘われて、弓子は、自分の服を見た。ジーンズに濡れた草の葉と泥がついていた。

「俺もね、他人ごとながら腹立つのよね。でもまあ、あんた、どうしてもいやだっていうのなら、むりにとは言えねえやね。他人のことだからね。で、どうする？」

「あの犬、死ぬかしら」男の質問の意味がすぐにはわからなくて、弓子は、関心があることをまず口にした。

男は三十から四十のあいだぐらいの年にみえた。額も鼻も頬も、不細工な木の瘤(こぶ)のようで、皮膚の色も木肌に似た茶褐色だった。醜い顔だと思って、弓子は少し微笑した。好意がこもっていた。

「胸の骨が折れて、肺に突きささっているよう」

「あんた、獣医か」

「子供のころ、獣医になりたいと思ったことはあるわ」

「思っただけか」

少し落ちついてきたようだな、と男は言った。

「どうする？」と、男はまた訊いた。

弓子は、困惑して黙った。いま、男と車に乗っている、うしろの檻に死にかけた犬がいる、それだけしか、意識の中になかった。

男は醜く、好感が持てた。猛々(たけだけ)しく、力強い醜さであった。犬は、もうじき死ぬだろう。どうする？　と男は訊く。何をどうしろというのだろう。

「犬が好きか？」

「さあ……」

好きかしら。あの死にかけた犬。気にかかる。でも、好きなのかしら。わからない。

「もう少し行くと」男は言った。「立ち腐れの団地がある」コンクリートの建物で立ち腐れはおかしいか、と、男は、ちょっと笑った。「民間のやつだ。七棟か十棟。外側だけできたところで、不渡りを出して土建屋がつぶれた。かなり大手のところだったらしいんだがな」

男の声は、弓子の耳をす通りした。弓子は、バック・ミラーにうつる男の口が動くのを見ていた。少し厚く、熱でもあるようにひび割れていた。

「いずれ、他の建設会社がひき継いで工事をつづけるんだろうが、いまのところ、放ったらかしだ。そこに、浮浪者たちが住みついた。浮浪者の残飯をねらって、野犬どもが集まった。浮浪者たちは追い出されたが、野犬どもは居坐った。四、五頭はいるらしい。近所のお情け深くて気まぐれな女や子供が、わざわざ、残飯を奴らにもっていってやったりした。餌をやりにいった子供が、襲われて咬まれた。あわてた連中は、追い払おうとしたが、もう、手に負えるもんじゃない。餌をはこんでやらなくなったら、近くの農家の鶏舎を襲うようになった。このあたりは、山林と農家と、新興の建売住宅に住むサラリーマン家族がいりまじっている。保育園に通う幼児が咬まれた。何人もやられた」

「あの犬？」弓子は、うしろを指さした。

「あれがそいつらの仲間かどうかはわからねえ。来る途中で目についたから、つかまえた」

「死にますね」と弓子がまた言うと、男は急にむかっ腹をたて、「下りろよ」と言って、乱暴に急ブレーキを踏みこんだ。

弓子は、自分でドアを開けて下りた。

オート三輪は走り去り、荷台の木の檻ごと、すぐ見えなくなった。道がカーヴしていた。

弓子は歩き出した。生まれてから今まで、ずっと歩きつづけているような気がした。歩いている、ということ以外、何も頭になくなった。

歩き出すとすぐに、軀が重い、という感じが執拗によみがえってきた。軀の中に鉄の芯があり、磁力で地に惹きよせられるようだった。立ちどまり、道のはしにうずくまった。

頭の上でクラクションが鳴った。

オート三輪は、バックで戻ってきていた。

ドアを開け、男は無愛想に顎をしゃくった。

弓子はうしろの木の檻をのぞこうとしたが、また男を怒らせるかと思い、黙って乗りこんだ。死にかけた犬のことを、あまり口にしないほうがいいのだなと思った。

男は、もう、どこへ行くかとたずねもせず、スピードをあげた。

弓子は気持が安まってきた。それとともに、私はどうしてここにいるのだろう、と、ようやくそのことが気になりはじめた。

バック・ミラーの中に男の顔を見た。醜いが力強かった。その力強さが、弓子を安らがせた。

何か話してくれればいい、と思った。さっきのように、鶏を襲う野犬の話でも、子供が咬みちぎられた話でも――咬みちぎられたとは言わなかった、ただ、咬んだ、と言ったのかしら――。どうする？　警察か？　病院か？

男が口をきいてくれれば、それをきっかけに、何かがもう少しはっきりしてきそうに思えた。

白茶けた、それは、建物の骸(むくろ)であった。

三棟ずつ間隔を置いて二列に並び、少し離れて二棟建っていた。

窓にガラスは嵌(は)まってなくて、バルコニーの手すりが赤錆(さ)びていた。

清掃車が持っていかない、大きな不用家具の捨て場にも利用されていた。ガラスの割れたテレビセットやラジオ、叩(たた)き割ろうとして途中でやめたのか、半ばひしゃげた本棚、タイヤのない自転車。それらが建物の壁に寄せて積み上げられ、錆びた自転車に蔓草がからまって、上へ上へとのびていた。

鉄屑の山の傍に、野犬が一頭ねそべっていた。

車の音に、起き直って耳を立てた。

入口の階段の下に、二頭いた。一方がもう一匹の首の付根に顎を埋めるかっこうでくつろいでいた。

「こんな仕事をするやつは、少なくなった」と、男は弓子に言い、針金をよじり合わせたガネと縄を持って、車を下りた。

一人でつかまえるんですか？ と弓子は訊いたわけではなかったのに、男は、ちょっと弁解がましく、そんなことを言った。

ガネと縄をさげて歩いて行く男は、背が低く、がに股だった。がっしりと四角い背中に、ああ、威厳がある、と弓子は思った。

男は、気軽に、鉄屑の傍の犬に歩み寄った。

犬は、男に目をすえ、立ち上がろうとする気配をみせた。男がもう一歩近寄ったとき、犬は横っとびにはねたが、その首に、男の投げた縄の輪がはまっていた。

縄が、空中にゆるやかな輪をひろげるのを弓子は見ていた。意志のあるもののように、縄は的確に犬の首をとらえたのだった。

男はいったん前かがみになり、それからぐっとうしろにそって、縄をひきしぼった。犬の前肢が宙に浮き、後肢で立ってもがいた。

階段の下に寝そべっていた二頭は、吠えたてた。遠くから、呼応して吠える声がきこえた。

男は縄をたぐっていった。ひゅうひゅうと犬は悲鳴をあげた。近くまでたぐり寄せると、いきなり蹴倒し、その上におおいかぶさったようにみえた。ほんの一瞬で起き直り、犬の口は縄で縛り上げられていた。

弓子は、車から下りた。

「ばか」と、荒れ狂う犬を押さえつけながら、男はどなった。「車の中にいろ」

弓子は近寄って、犬の傍にしゃがみこんだ。

犬は眼球がふくれあがり、上唇がめくれ、むき出した牙のあいだから泡がこぼれた。膝頭で胸骨を押さえつけ、男は犬の四肢を緊縛した。車の方へひきずっていった。

弓子はその場に坐りこんでいた。

危険なのだ、と、心の一部が告げていた。それなのに、躯が動かなかった。心と躯が、ばらばらだった。

階段の下にいた二頭が、低くうなりながら寄ってきた。うなるのをやめ、弓子の躯のまわりを、嗅ぎながら歩いた。鼻面をほとんど押しつけるようにして嗅いだ。

捕えた犬を檻に押しこんだ男が、「来い」と呼んだ。

弓子は、坐ったまま手をさしのべた。そのとき、男の手が欲しいから、ここに坐りこんだのだ、と、見えなかった心のかげが見えてきた。

犬は鼻面を、腰にぐいぐい押しつけた。ねじこもうとするように力をいれた。荒く鼻を鳴らした。

男はかがみこんで石を拾い、犬に投げつけた。

犬はとびはねて、数歩逃げた。

「来い、早く」男は呼んだ。

弓子が動かないでいると、近づいて、「遊びじゃねえ」と、どなり、手をひっぱって立たせると、車の方に突きとばした。

遊びじゃない、と、弓子も思った。

突きとばされて、荷台にぶつかりかけ、辛うじて軀をささえ、それから、荷台にもたれた。

「中に入っていろ。早く」

檻の中で、口輪をはめられた犬が、こもった声をあげた。

男が車の方に来た。背をみせた男の踵のにおいを嗅ぐように、二頭の犬が、用心深くついてきた。男がふりむくか走るかしたら、とたんに攻撃にうつる気配をひそめていた。

「ドアを開けろ」と男は命じた。

奇妙な形をした幻を、弓子は一瞬、視た。頭に浮かんだのだが、肉眼にうつったように、はっきり形を視た。黒い塊で、蟹のように幾本もの手とも足ともつかぬものが横に突き出していた。脳裏をかすめて消えたそれが何なのか、もう一度見きわめようとしたとき、

「ドアを開けろ、早く入れ」

切迫した声が耳をうち、それと同時に、けたたましく犬が吠えたてはじめた。檻の中の犬の吠え声も加わった。

反射的に、弓子は車の中に入りこみ、ふりかえると、黒い犬が後肢で立ち上がり、前肢を男の肩にかけ、ほとんど抱擁しあっているようにみえた。背の低い男と犬の顔は、ほぼ同じ高さにあり、その周囲を三頭にふえた犬が、ぐるぐる走りまわりながら吠えていた。

あの人は大丈夫だ、と弓子は思った。犬にのしかかられながら、男は落ちついていた。

男が下手に身動きすれば、それをきっかけに、黒犬は男の咽喉に咬みつくだろうし、三匹の犬は襲いかかるだろう。男の平静さが、危い均衡を保っていた。

しかし、それがいつまでも続くはずはなかった。あの人は、一人で四、五頭の犬を捕獲する自信があるから、仲間を連れてこなかった。あの人は、大丈夫だ。

男の呼吸が次第に荒くなった。右手のガネが、じりじりとあがりかけた。

犬を追い散らし、男が車に走りこむチャンスを作らなければ、と弓子は思い、とっさに、クラクションを鳴らした。

はりつめた均衡が破れた。

ドアを開け放したままの車に、黒いものがとびこんできた。犬の粗い手触りを一瞬感じた。

*

意識がひるがえった。目ざめた軀が、絨毯を敷いた床の上にあった。

弓子は、薄いネグリジェを着て、ソファにもたれている自分を見出した。

ソファには、伊谷充が眠っていた。

充は、白いシャツの前をはだけ、血の色が薄紅く透ける乳色の胸を見せていた。

小柄で華奢で、眠っている顔は少女のようにみえた。しかし、頰の皮膚は、きめの細かさを失いはじめていた。

目ざめているとき、衒気と自負心と女への甘えと、名声欲と、嫉妬と、それらがすべて、彼を若々しくみせていた。

眠っている彼は、美しさと若さの形骸だった。

少女めいた軀に、三十を一つ過ぎていまだに芽の出ない男の疲れがにじみ出ていた。

歌手だといい、詩人と自称し、その何ものでもなかった。

才能よりも上昇意欲の方が上まわってふくれあがっていた。

にせものだった。美しい容器だけが、本物の美しさだった。

目ざめている彼は若く美しく、眠っている彼に、老いと疲労を押しつけていた。

十七で、彼は、中央の詩誌に作品が掲載された。地方の小都市では稀有の事件だった。レコードに自作の詩を吹きこみ、勢いにのって歌も吹きこんだ。

それ以来、彼は、〝時〟を停めてしまった。

彼の周囲で、時はめまぐるしい早さで流れ過ぎた。彼の意識の中で、彼は、十七歳の天才少年詩人のままであった。

地方の小都市では、時の流れは、中央よりはゆるやかであり、人々は地元の小名士に寛大だった。ことに、若い娘たちは、彼に寛大だった。

美少年の仮面が顔に密着した伊谷充は、弓子の前で、仮面の下の涙をみせたことがあった。にせものであることを承知していた。

『シレーヌ』で働くようになって、弓子は、伊谷充を知った。

けたたましい音響が店内をみたしていた。それはもう、音楽というよりは、煽りたてる炎力の渦。天井から吊したミラー・ボールが暗い店内に光の破片を撒き散らした。

雪もよいの夜であった。フロアで踊る少女は汗みずくになっていた。細い軀がひき絞られ、ねじれるように旋回し、床に這い、次の瞬間、跳躍した。

客は少なかった。中年の医者とその愛人。土建屋の社長がほかの店から女の子を二人引き連れてきていた。それだけだった。

踊る少女は、瞼を黒くふちどり、唇に紅をさしていた。ミラー・ボールの光は、鱗のように頬の上できらめいた。

客をたのしませるために店で傭ったダンサーかと弓子は思った。

曲が切れ、少女は、弓子の隣に、へたばりこんだ。

間をおかず、次の曲がはじまり、女たちがけしかけた。

けものめいた汗のにおいがした。

少女と思っていた踊り手が、もうそれほど若くはない男であることに、弓子は気づいた。

ざらざらした頬に、アイシャドウが汗といっしょに流れだしていた。失神しかけているようにさえみえた。

心の中はからっぽで、音楽でかきたてられた血だけが、軀の中を、まだ余力で走りまわっているというふうだった。ブレーキをかけた自動車が、数メートル走り、やがて、停まる。そのように、この男の心臓も、もう、動きをとめていて、やがて死が続く。そんなふうにみえた。

女たちは、おかまいなしに騒ぎたてた。連れの医師と土建屋も、いっしょになって煽った。水割りのグラスをすすめ、けしかけた。

男は、椅子の背に軀をのけぞらせていたが、にやっと笑った。はね起きると、再び、踊りはじめた。

同じことが、何度かくり返された。

客の男たちは、まもなく男の踊りに倦きた。それでも、男が席に着くと、ほめそやし、煽った。女たちが、ちやほやした。からかいながらほめた。

「先生」と、女たちは、踊る男を呼んだ。

男が激しく踊っているあいだに、弓子は、女たちから彼の経歴をきかされた。

もう、誰も、男を見てはいなかった。

それでも、男が席に着こうとすると、女たちが、せがんだ。医師と土建屋は、水割りを男にふるまい、拍手した。

激しいビートの曲がはじまり、足をもつれさせて男は立ち上がる。ふいに、外へと び出していった。

客たちは、気にとめず、談笑に興じていた。

弓子は、あとを追って外に出た。雨まじりの雪が降りはじめていた。

みぞれに濡れながら、伊谷充は人通りのたえた路で踊っていた。海月が漂うような奇妙な身ぶりであった。

やがてめざめる伊谷充のために、弓子は珈琲をいれた。棚の上の置物に、ふと、目 がとまった。

青銅の小さな像であった。インドに旅行したという客から、土産にもらったのであ る。

神像だと、その客は言った。

数本の腕を持つ男神は、各々の手に武器をふりかざしていた。そうして、二本の腕 で、前に女を抱きしめているのだった。女は、両の腿を男神の腰にからめ、しがみつ いている。むかいあった媾合の姿勢のまま、男神は戦っているのであった。

夢の中で、ちらりと眼裏を掠めたのは、これだった。高さ十糎ほどの小さい神像を、 弓子は、手にとろうとした。

そのとき、伊谷充が身動きして目を開いた。

「よく眠っていたわ」

「いやな夢をみていた」伊谷充は言い、のびをした。

弓子は、サイフォンの珈琲をカップに注いで伊谷充に手渡した。

「これに、もう？」伊谷充は、カップを素早く一瞥し、低い声で訊いた。

「いいえ。まだ。食事をしてからの約束だったでしょう」

ソファで軀をかわし、そのまま、二人で眠ってしまったのだった。

「目がさめかけたとき、妙な気がした。もう、すんでしまったのか、そうして、失敗したのか、って」

薬は、ぼくが、いれるからね、と伊谷充は言った。「分量をまちがえると、しくじるからね」

一月、この部屋でいっしょに暮らしてきた。

「犬になった夢なんか、みていた」珈琲のカップに唇をつけ、伊谷充は言った。

「きみが、いた。犬捕りの男といっしょに、ぼくを捕えようとしていた。ぼくは、きみのここを咬んだ」

伊谷充は、弓子の咽喉に細い指をあてた。

「あなたは、車の中にとびこんできたでしょ」弓子は、言った。「私は、すりぬけて、外にとび出した」

犬は、弓子を追った。

あの犬捕りの男は……と、弓子は、色彩の薄れた夢の記憶をとり戻す。車の中に、いったん、避難した。私は、車の外。男は鉄の函の中。四頭の犬にとりかこまれ、黒犬に前肢で肩を押さえこまれ、私は、車の中の男をみつめつづける。

「もう一度、風呂に入ろうか」何か、時間をもてあましたふうに、伊谷充が言った。

夕食をとるには早すぎた。

「キウィー・フルーツのサラダと、ヴィシソワーズと、鶏の赤葡萄酒煮という献立よ」

きどった雰囲気の好きな伊谷充のために、最後の食事は、東京まで車で出て、一流レストランでとるくらいの贅沢はしてやりたかった。しかし、充の方が、弓子の手料理がいいと言った。弓子は正式に料理を習ったことはなかった。雑誌の口絵でおぼえた料理ばかりであった。

私たち、本気なのかしら、と、弓子は思った。まだ、何もかも嘘で、一晩眠って明日の朝、また目がさめる、という気もした。

決心がついてしまうと、日常のこまごましたことが、ひどく新鮮で、一つ一つ、和やかに、流れるようにすすんでいくのが奇妙だった。

「風呂に入ろうよ」と、伊谷充は、また誘った。

棚の上の神像に目をやり、弓子は立ち上がる。

疲れた。

充も、疲れている、と、弓子は思った。少女めいた殻をまとい、偽の桂冠、幻のそれをかぶりつづけ、まるで、腐った蟹だ、と、弓子は思う。だからこそ、私は彼をこんなにも、愛している。

浴槽に湯をみたした。

マンション、といっても一DKだが、バスだけはついていた。町の銭湯に行くのを、伊谷充がきらったため、むりして、家賃の高いバス付きを借りていた。

たがいに、躯を洗いあった。

最後の食事。そうして、夢のない睡りを眠ることになろう。睡眠剤は、伊谷充が酒に溶かした。

ソファの背を倒して、ベッドにし、二人で並んで横たわった。

まだ、私は疲れきってはいない。まだ、戦える。ふと、そんな怯えが走った。まだ……とみれんが生じたら、睡りに陥るまでの一刻が、耐えがたい怖ろしいものになる。

意識は醒めているのに、四肢の麻痺が急にきた。躯は、どこも動かなかった。指の先端は、どこにあるのかさえわからない。

聴覚だけが、異様に鋭敏になっていた。

鉛の塊となった軀のまわりで、ひそめた足音がきこえた。はた、はた、はた、と、スリッパをひきずるような音。一人ではなかった。三人か。五人か。

しのび笑う声。女たちの声。伊谷充の笑い声が少し低音で混る。

彼の女たち。中絶の費用は、私が稼いだ。弓子は、起き直ろうとしたが、軀は感覚を失っていた。

無声のしのび笑いは、しのび笑いのまま大きくなった。

あの女たちを、一人一人殺してから、私は薬を飲むべきだった。

なぜ、それを思いつかなかったのだろう。

そう思った弓子の心の中を見すかしたように、指が、弓子の髪をひっぱった。鋭く痛んだ。皮膚の痛覚はまだ残っている。それなのに、軀が動かない。

伊谷充の笑い声。彼は、私をだました。彼は、薬を飲まなかった。私にだけ、飲ませた。

笑い声はいっそう大きくなり、スリッパをひきずるような音は、せかせかと耳もとを走りまわり、何本もの指が、髪のあちらこちらをひっぱる。やがて、大胆に、腕をつねり、頰をつねる。そのすべてをはっきり感じているのに、軀は動かない。

軀だけ、死んでいる。

伊谷充の足音を聴きわける。それは、ビートにのって踊っている。晴れ晴れとした足音は、見えなくとも軽快な踊りのさまを思い浮かばせる。

口紅をさし、瞼(まぶた)のふちを彩り、生き生きと、無垢(むく)な少女の微笑で、伊谷充は踊っている。疲れも、頽廃(たいはい)もない。十七歳の少女。彼の疲れと頽廃は、すっかり、私が背負いこんで、その重みのために身動きもできず、私は横たわっている。

伊谷充は、やがて、弓子の胸の上にとび乗る。胸骨を踏み、伊谷充は踊る。女たちが、とび乗ってくる。腹の上で、顔の上で、踊る。

伊谷充の足の指が、彼女の顔を踏む。明るい少女の笑顔を、弓子は眼裏に視る。足の指は、弓子の唇をなぞり、押しあけ、歯に触れる。歯をこじあけ、二本の足指が舌をはさみ、ねじる。弓子は、男にしては細い彼の足指に舌をからませようとするが、彼女の意志どおりの動きは封じられている。汗の味がする。味覚も、これほど、はっきりしている。

弓子は、自分が大地になったように感じる。驕慢(きょうまん)で美しい一頭の若いけものをささえている。それに奉仕する女たちをささえている。

たぶん、彼は、生まれかわるのだ。疲れ、汚れ、醜くなった三十一歳の男を脱ぎ捨て、輝かしい、少女めいた少年の肌と、傲慢(ごうまん)さをとり戻す。

弓子の瞼は閉ざされていて、太陽の光が軀の内側から発光しているような十七歳の伊谷充を見ることはできない。

見えないけれど、弓子には、わかる。

彼女は、実際には、少年期の伊谷充を見たことはなかった。

弓子は泣いているが、その涙は瞼の内側に流れる。

伊谷充の足の指が、弓子の咽喉の骨を踏む。踏みつぶそうとする。

＊

掠れた叫び声をあげ、弓子は、目ざめた。

白い光が、薄闇の一点から、束になって降りかかっていた。

あおのいた眼にうつるのは、さしかわした樹々の梢であった。光は、低く斜めに、樹々のあいだにたまった薄闇を、さしつらぬいているのだった。

顔がごわごわした。手を触れ、嘔吐物がかわいてこびりついているのを知った。眠ったまま、吐いたのだった。そのために、薬効が不足した。

弓子は、指の爪で唇のまわりにこびりついたものをはがし落とした。

顔を横にむけ隣を見るのが怖ろしかった。

何時間眠ったのか。車でここまで来て、薬を飲んだのが、夜の十時ごろだった、と、弓子は、はっきり思い出した。

もう、夜が明けている。

傍に横たわる男を見るのが怖い。

死んだ男の艶のない皮膚はしわばみ、四十男のようにみえることだろう。

私たち――私と伊谷充は、彼の車でここまで来た。車を売れば、まだ、もう少しもちこたえることはできた。彼は、承知しなかった。車のない生活よりは、生活をやめる方を選んだ。

殺人者として、私は一人生き残ってしまった。

充の詐欺の証拠を握って放さない女を、一人、私は殺した。女を殺せばよかったと、夢の中で私は悔んでいたっけ。悔むことはなかった。私は、殺した。

充が結婚の約束で釣って金をまきあげた女。

すでに形骸となってしまったとはいえ、天才少年詩人に、薄汚い結婚詐欺の罪名は似合わない。

私はその女のマンションに行った。ストッキングで絞殺するつもりだった。しかし、どうしてもできなかった。

雑談しながら女は私をあやしみはじめていた。私は、伊谷充の姉だと言い、慰藉料の相談にきたと言ったのだ。

いつまでも長居はできない。私は、女がうしろをむいたときに、棚にあった花瓶で女の頭を撲った。

充が口約束で釣って金をまき上げたのは、その女一人ではないはずだった。しかし、一人殺しただけで、私は疲れはてた。

充も、疲れていた。私たちは、薬を飲む決心をした。充を守るために女を殺したことは、むだになった。ほかの女たちは、私と充が疲れきっていたため、助かったのだ。

*

草は朝露で濡れていた。頭の上で、野鳥がさわがしい。何という名の鳥か。幾種類もの鳴き声がする。

弓子は、起き直ろうとした。躯が重い。朝日を浴びたことなど、ここ何年、なかった。ようやく坐り直した。

草の上に、弓子は、一人だった。眼をうたがった。まだ、夢のつづきかと思った。

彼女のまわりには、何も、なかった。ジュースの空き缶が一つ。そうして、空の薬びん。それだけが、ころがっていた。

ジュースの缶は、二つ、あるべきだった。二人で、錠剤をたがいの口にいれ、ジュースで流しこんだのを、はっきり、おぼえている。

伊谷充は、いなかった。車も、なかった。

弓子は、混乱した。

私は、一人で、睡ろうとしたのか。いいえ、いいえ、いいえ。

私たちは、二人で、ここに来た。充の運転する車で。

錠剤は、充が用意してきた。何粒飲んだだろう。多過ぎても少なすぎてもいけないと、二人で、数えながらたがいの口にいれたのだ。私はつまんだ白い錠剤を彼の舌の上にのせ、充のさし出す錠剤を、口にふくんだ。そうして、ジュースで流しこんだ。
六十一、六十二、六十三……。
充が、吐いたのだろうか。吐いてしまって、睡りから醒めたのだろうか。彼の嘔吐のあとらしいものはなかった。拭いとったあともない。薬がまるで効かなかったのか。どこへ行ったのだろう。車で、助けを求めに行ったのか。そのくらいなら、睡っている私を車にのせて医者にはこんだ方が早い。

弓子は、とっくに察していた。察しながら、それと認めるのを拒んでいた。

錠剤は、ただの栄養剤か何かだったのだ。致死量の睡眠剤は、ジュースに溶かしこんであった。それも、私の分にだけ。

弓子は、立ち上がった。躯が重い。その重みをささえている足が、砂のように頼りない。弓子は、歩き出した。

林を抜け出ると、白い道がつづいていた。砂利道であった。朝日を浴びた小石の一つ一つが、明暗をくっきりときわだたせていた。

足の裏が痛い、と思い、裸足(はだし)なのに気がついた。薄いストッキングは穿(は)いていたが、靴はなかった。薬を飲む前に、脱いだのだったろうか。

光がまぶしかった。踵(かかと)に小石の角がくいこむので、爪先立って歩いた。すると、躯の重みのかかる部分が、いっそう痛かった。

前にも、これと同じようなことをしていた記憶がある。

夢の中心から、現実にむかって歩いているのか、それとも、夢の中へ中へと包みこまれているのか、わからなくなってきた。

――これから先、起こることが、私には予想がつく。

クラクションが鳴り、あの男の運転するオート三輪が、私を追い越して停まる。

あの、醜いけれど神々しい男は、いったい誰なのか。

私は、その男を、まざまざと見たのだ。あの、荒れたアパート。野犬の群れ。ドアを開け放した車に、黒いものがとびこんできて……。犬の粗い手触りを、一瞬、感じたのだった。

私は、車からとび出した。犬が、つづいて走り下り、私にとびかかる。男は車の中に避難した。私は彼をみつめつづけた。そうして、犬に押し倒され、気が遠くなった。失神する直前に、あの男が鉄の車からとび下りるのを見た。四頭の犬にからみつかれ、咬みちぎられながら、私の方に走ってくるあの男を、見たのだった……。

もしかすると、私は、まだ、夢の中。目のさめるのが待ち遠しい。

目ざめたとき、私は、荒れたアパートの中庭の、赤土の上に横たわっているだろう。咽喉から血を流し、倒れているだろう。

私の傍には、あの男が、犬の牙に咬みちぎられ、血みどろになりながら、少しずつ、にじり寄って来ようとしているだろう。

高くのぼった太陽が、ぎらぎらと私たちを照らしているだろう。

あの男の正体が、私には、今、わかる気がする。あれもまた、伊谷充であって悪いわけがあろうか。年をとり、少女の仮面のとりこになることのなかった伊谷充……。

解説

服部まゆみ

〝鈴蘭は、こっけいなほど可憐な花をつけた。しかし、これもまた華麗な毒を持つことを、わたしは知った〟――本書、『丘の上の宴会』の一節である。

かつて倉橋由美子の『毒薬としての文学』というエッセイに、〝《世界》を拒絶する――いや、本音を吐くなら、《世界》に毒をもり、狂気を感染させ、なに喰わぬ顔をしながら《世界》の皮を剝ぎとったり顚覆させたりすることをくわだてる文学〟とあったが、実際、毒のない文学、毒のない話が面白かろうはずがない。子供の童話でも、古典の位置を占めるものは、きちんと毒が仕込まれている。神がいるから悪魔がおり、天国があるから地獄があるのである。善良な神だけの、天国だけの、無菌室から出てきたような本を手にしようとは思わない。

皆川博子の本は全て鈴蘭の花のごとく美しく、そしてその根のごとく毒に満ち、読者を魅了する。

幻想小説からミステリー、サイコ・スリラー、純文学、時代小説、怪奇小説、はたまた奇想小説（本書収録の『悦楽園』『猫の夜』等、奇想小説と呼ばずに何といえばよいのか！）と目をみはるほどの広域を、さながら箒に跨がった魔女が世界を駆けめぐるように、この博覧強記、想像を絶する灰色の脳細胞の持ち主はいとも易々と征服し、闇の色の袂から、酔うほどに美しい毒草の種を蒔いてゆく。

その広域を息を切らせて軌跡を辿る者は、至福の時と引換えに、皆川世界の中毒患者となるしかない。だが、なんという幸せな病だろう。ただ座して頁を捲るだけで絢爛たる世界に彷徨えるのだから。

四十八年に『アルカディアの夏』で第二十回小説現代新人賞、六十年に『壁・旅芝居殺人事件』で第三十八回日本推理作家協会賞、六十一年に『恋紅』で第九十五回直木賞、平成二年に『薔薇忌』で第三回柴田錬三郎賞と、患者は広まる一方である。

だがそれも道理、一言では言えない心の襞、もやもやとした、自分自身にすら判らない魂の動揺をこれほど巧く書き表していく作家が他にいるだろうか。

殺人の動機は財産目当て、愛憎の末、はたまた名誉の為、地位の為などという単純な推理小説を横目に、皆川博子は人間ってそんなものではないのよとばかりに心の謎を解きあかしてゆく。

昔、初めて彼女の本に接した時、これは宝石を鏤めた銀線細工の小箱だと思った。但し、人技とは思えぬ緻密なアラベスクの銀線は幻で、よくよく見ればミクロ単位の神経の糸である。うかつに触れば糸はぴりぴりと震えて破れかねない。本書の『風』などまさにその典型である。小篇ながら、ジョイス・マンスール、アンドレ・ピエール・ド・マンディアルグを想わせる見事な精神の結晶世界であり、八篇中、もっとも私の性に合っている。批評家シャルル・モンスレが、グザヴィエ・フォルヌレの『草叢のダイヤモンド』に捧げた言葉、〝怪奇、神秘、やさしさ、恐怖が、かくも強く一本のペンの下に結婚したことはない〟をそのまま使わせていただきたい。

それにしても、これほどまでにデリケートな世界を構築する作者が人並みに社会生活を営んでいるというのがちょっと信じられない。しかし、一見、破れそうでありながら、その実、強靭な神経に支えられた宝石、これが曲者である。燦然と煌めく光彩はただ美しいなどという単純なものではない。見事であればあるほどに世界を流転し、血を浴び、呪いを込め、ますます人を魅了する。贋の宝石では持てない妖しく深い、強烈な輝きである。

皆川博子恐ろしかりけり——大袈裟に過ぎたであろうか。

初めて拙著が世に出た時、真っ先に声を掛けて下さった先輩。淡い紫の封筒に紫のインク、優しく温かい言葉。初めてお会いした時もテッセンの花のような濃い紫のジョーゼットのドレス。そしてご本人は少女のような可愛い声で話す優雅な麗人であった。その後も、霊長類人科怠け者類に属する後輩に四季折々、見捨てもせず、叱咤激励して下さる心優しき偉人である。いや、騙されてはならない。彼女の毒は強烈である。おまけにあの小柄でか細い体のどこに、と首を傾げるほどのエネルギーの持ち主でもある。

一度、あまりにも多彩、活発な執筆に、「どうしてそんなに次々と書けるのですか?」などという不躾な質問をしたことがある。答えはいとも明瞭であった。「書くのが好きだから……書かずにはいられないのよ」――天性の作家である。

本書に関して私見を述べれば、『風』は最上の媚薬、『丘の上の宴会』は快いトリップ、『人それぞれに噴火獣』『舟唄』『復讐』『暁神』は毒の効いたまさに著者の独壇場、『悦楽園』『猫の夜』は悪夢であった。

あえて悪夢というのは私は動物に弱いのである。こと人間に関する限り、どんなに悲惨に描かれていようが笑って読めるのだが、動物となるととたんにだめ。ただし、下手な作家のならこうもこたえはしないだろう。これは虚構だ、単に活字で組み立てられた世界だと自分に言い聞かせてもありありと絵になって浮かんでしまい、頭は真っ白、もうパニックである。
聞いてもいないが、たとえ彼女が「私、動物好きよ」と言っても信じないぞ、私は。

ところで彼女の描く少女たちはいつも劇場の奈落、ホテルの一室、自室と、閉ざされた空間、薄暗く淀んだ空気の中に身を潜め、安らぎを感じつつ、外界に慄き、他者に怒りと苛立ちを覚えている。

ポランスキーの傑作『反撥』のヒロインそのものである。

人間の子供というのは随分と長い間、親の庇護下に置かれる無力なものだ。早熟であればあるほど大人の、親の、理不尽な圧力、一方的な暴力に傷つく。このあまりにも危うい精神、繊細な硝子のような心の少女たち。いや、たとえ辛うじて大人になったとしても世界への違和感は消えない。

『舟唄』のヒロイン、千代は殺人罪で起訴されても、親身に質問する弁護士に〝ゼリーを素手でつかもうとするような頼りなさ、はがゆさ〟をおぼえる返答しかしない。『丘の上の宴会』の雪子は〝わたしは、たえず、意識して笑顔を作らねばならない。うっかりしていると、何事にも無感動なことが他人に知れてしまうからだ〟と、世界を眺め、〝人並みの心の動きを持たぬことに気づかぬおおらか〟な夫と暮らしている。彼女らに世界は一向に近づかない。

登場人物と著者を重ねることは愚か以外のなにものでもないが、皆川博子に関する限り、少女たちの顔に、女たちの顔に、彼女の顔がだぶって見えてくる。これは私だけだろうか？　それとも皆川博子の見事としかいいようのない言葉の魔術に完璧に騙された幻影だろうか？

言葉の魔術といえば、題名を列挙しただけで、数十頁に及びそうな膨大な彼女の作品群の中で、あえて一作、映像にはなりえない、まさに言葉だけで構築された妖かしの世界、独断ながら、皆川博子ベストワンがある。

筒井康隆の『ロートレック荘事件』が出たとき、〝映像化不能。前人未到の言語トリック〟とあったが、それこそ彼女の『聖女の島』ではないだろうか。

もちろん、作者が違うのだから、物語も、その〝言語トリック〟の方法も異なる。だが『ロートレック荘事件』以前に、その試みは成されているのだ。

古典から前衛まで、アレクサンダー大王のごとく領土を広げていく彼女の活力源は何なのだろう？

『反撥』の少女は殺人と狂気に走ることで自己を保ったが、皆川博子の場合も千代や雪子同様、辛うじて大人の外観と年齢を得ることが出来た。その外観と年齢が仮面であったとしても、付けてさえいれば、世界と、大人たちと、対等に向き合えるのだ。いまや彼女は紙の砦にたてこもり、ペンを武器に世界へと挑戦し続ける。「書くのが好きなのよ、書かずにはいられない」と。

広く深い皆川博子の世界——読者たるもの、皆川博子を愛しつつ、その手ずからの髑髏杯を飲み干されんことを！

集英社文庫版（一九九一年）より転載。

編者解題

日下（くさか）三蔵（さんぞう）

本書『愛と髑髏（どくろ）と』は、一九八五（昭和六十）年に刊行された皆川博子（みながわひろこ）の第五短篇集の久々の復刊である。それまでの四冊は、いずれもミステリ、犯罪サスペンスをメインとしたものであり、本書が著者にとって初めての本格的な幻想小説集ということになる。つまり、昨二〇一九年に、同じ角川文庫から復刊された『ゆめこ縮緬（ちりめん）』を皆川幻想小説のひとつの頂点とするなら、この『愛と髑髏と』は皆川幻想小説の原点というべき作品集なのである。

皆川博子は七二年に児童向け時代小説『海と十字架』を刊行して作家デビューを果たすが、それだけで注文殺到とはいかず、新人賞への応募も続けていた。七二年には、青春ミステリ『ジャン・シーズの冒険』を第十八回江戸川乱歩賞に、「地獄のオルフェ」を第十九回小説現代新人賞に、それぞれ投じて最終候補となっている。

七三年、「アルカディアの夏」で第二十回小説現代新人賞を受賞。七三年には講談社「小説現代」だけだったが、七四年には文藝春秋「オール讀物」、光文社「小説宝石」、角川書店「野性時代」、七五年には新潮社「小説新潮」、徳間書店「問題小説」と、作品の発表舞台も次々と増えていく。

この時期には、『トマト・ゲーム』（74年3月／講談社）、『水底の祭り』（76年6月／文藝春秋）、『祝婚歌』（77年5月／立風書房）、『薔薇の血を流して』（77年12月／講談社）と四冊の短篇集がまとまっている。収録作品の中には幻想小説の匂いを感じさせるものもあるが、基本的にはいずれもサスペンス・犯罪小説集である。

七三年に「トマト・ゲーム」で第七十回直木賞候補、七六年に『夏至祭の果て』で第七十六回直木賞候補、七九年に『冬の雅歌』で第七回泉鏡花文学賞候補、八〇年に「蛙」で第三十三回日本推理作家協会賞候補と、何度も文学賞の候補となり、その実力は高く評価されていたにもかかわらず、この時期の作品がどこか窮屈そうに見えてしまうのは、小説雑誌がリアリズム偏重主義で、幻想的な作品を受け入れる素地がなかったためだろう。

東雅夫氏のインタビュー集『ホラーを書く！』（99年7月／ビレッジセンター出版局）には、「これは出場所を間違えたかな、と（笑）。当時は風俗小説全盛の……私が憧れていた幻想文学の世界とは、縁もゆかりもないような場所でしたからね。まだエンターテインメントという言葉もなくて、中間小説と呼ばれてた」「書けなかったんですよ、長いあいだ。こういうの（引用者註：幻想小説）、書いちゃいけない、書いちゃいけないと言われ続けてきた」などの発言がある。幻想小説なんか書いても読者には分からないからダメ、というのが編集者の常套句だったようだが、おそらく、そういう編集者自身が、幻想小説を理解していなかったに違いない。

そんな逆風の中、少ない機会を捉えては発表してきた幻想小説が、ようやく一冊にまとまったのが、この『愛と髑髏と』なのである。第四作品集『薔薇の血を流して』の刊行から数えて、まる七年が経過していた。収録作品の初出は、以下のとおり。

風　「ショートショートランド」83年11月号
悦楽園　「オール讀物」80年6月号
猫の夜　「オール讀物」81年4月号
人それぞれに噴火獣　「素敵な女性」80年4月号
舟唄　「問題小説」78年2月号
丘の上の宴会　「オール讀物」82年4月号
復讐　「オール讀物」79年5月号
暁神　「問題小説」78年7月号

初刊本は八五年一月に光風社出版より刊行され、九一年十一月に集英社文庫に収められた。本書は二十九年ぶり三度目の刊行ということになる。本書には、集英社文庫版に寄せられた服部まゆみ氏の解説を再録させていただいた。
初刊本刊行時、「幻想文学」第十一号（85年6月）に書評が掲載されているので、ご紹介しておこう。

本書には八篇の短篇が収められているが、その内七篇までが妄執や狂気を孕んだ〈をんな〉を主人公とし、彼女らがどぶどぶと頭までつかっている異様な〈愛のかたち〉を描いている。唯一の例外である「猫の夜」は、一匹の犬の苦痛に対するたえざる忍従が、全人類の放恣を確保しているという寓話で、髪までびっしよりとぬらす分厚い霧の壁を思わせるような作者特有の重苦しい語り口が内容とマッチして、なかなかに読み応えのある作品となっているが、やはり〈をんな〉を描いたものは迫力がちがう。たとえば「人それぞれに噴火獣」は子供の残酷さと大人びた恋慕の情（言葉にすると陳腐になるがそれ程生やさしいものではない）によって妹を殺してしまう少女の話だが、最後にその少女が自殺して物語は暗く終る……かと思うとラストが冒頭部と突然照応して少女の亡霊が立ち現われ、物語が一層暗さをます——という仕組みになっていて凄じい。七つの短篇はどれも土壇場で、からだの回りの空気が薄ら寒くなるような印象を与えながら、もう一つくるりとからだをひねってみせる。その手際が何ともいえず良い。蛇足だが書評子の好みでは「風」の雰囲気が抜群に素晴らしく感じられた。

書評の筆者の沢田真吉氏についての情報が皆無であるため、同誌の編集長だった東雅夫氏に問い合わせたところ、「それは私の別名義です」という驚きの回答を得た。そういえば東さんは、千街晶之くんと私と三人で一巻ずつの編纂を担当した白泉社《皆川博子作品精華》シリーズの幻想小説編『幻妖』（01年12月）に『愛と髑髏と』から「風」「猫の夜」「丘の上の宴会」の三篇を採り、解説での言及を「風」一篇のみに費やしていた。あまりにも印象的な冒頭の一文を引いた後、東さんは、こう書いている。

皆川博子との縁を結んだ拙文（『幻想文学』第九号掲載「怪奇幻想ミステリー五十選」の「皆川博子」の項）を執筆していたときにも切実に感じたもどかしさ——その嗜好といいイマジネーションといい、どこからどう見ても〈幻想と怪奇〉の資質に恵まれたこの作家が、どうして現実からの全き離陸を果たそうとしないのか……『巫子の棲む家』をはじめ、『トマト・ゲーム』『薔薇の血を流して』といった初期作品に接して抱かざるをえなかった隔靴掻痒の思いを、この「寝がえりをうつ庭」の一篇があっさりと吹き飛ばしてくれたのである。

この解説のために用意した三つの引用資料が、いずれも東さんの手によるものであったことに驚きを禁じ得ない。つまり、八五年の時点で皆川作品を幻想小説の文脈で評価できた書評家は、その道の専門家である東さんしかいなかった訳だ。

八六年の長篇『恋紅』で第九十五回直木賞を受賞してからは時代小説の注文が殺到したというから、ますます幻想小説の肩身は狭くなるが、八八年に『変相能楽集』『聖女の島』、九〇年に『薔薇忌』、九一年に『絵双紙妖綺譚　朱鱗の家』、九三年に『骨笛』、九四年に『あの紫は』『巫子』と着実に刊行は続き、九八年の『ゆめこ縮緬』と『結ぶ』では、巨大な皆川山脈の中で幻想小説が一際おおきな峰となっていることが、誰の目にも明らかとなった。

こうした流れを踏まえて本書の収録作品を振り返ってみると、ほとんどの作品で（巻頭の「風」でさえも）何らかの「犯罪」が描かれていることが分かる。これは小説雑誌に需められた推理小説・サスペンスのフォーマットに則ったうえで、独自の幻想世界を展開しようと試みた証拠だろう。

東さんの指摘するように「現実からの全き離陸」を幻想小説の本質とするなら、本書に収められた八篇は、皆川博子が飛翔のための滑走を始めた記念すべき作品群であり、それこそが冒頭で本書を「皆川幻想小説の原点」と位置づけた所以(ゆえん)でもある。

初めて手に取るという皆川ファンの方はもちろん、既に旧版を読んでいる同好の士の皆さんにも、改めてじっくりと味わっていただきたい作品集である。

本書は一九八五年一月に光風社出版、一九九一年十一月に集英社文庫から刊行された作品です。

角川文庫化にあたり、新たに編者解題を付しました。

愛(あい)と髑髏(どくろ)と

皆川博子(みながわひろこ)

令和2年 3月25日　初版発行
令和6年 9月20日　再版発行

発行者●山下直久

発行●株式会社KADOKAWA
〒102-8177　東京都千代田区富士見2-13-3
電話　0570-002-301(ナビダイヤル)

角川文庫 22077

印刷所●株式会社KADOKAWA
製本所●株式会社KADOKAWA

表紙画●和田三造

●お問い合わせ
https://www.kadokawa.co.jp/（「お問い合わせ」へお進みください）
※内容によっては、お答えできない場合があります。
※サポートは日本国内のみとさせていただきます。
※Japanese text only

ISBN 978-4-04-108198-3　C0193

◆◇◇

角川文庫発刊に際して

角川源義

第二次世界大戦の敗北は、軍事力の敗北であった以上に、私たちの若い文化力の敗退であった。私たちの文化が戦争に対して如何に無力であり、単なるあだ花に過ぎなかったかを、私たちは身を以て体験し痛感した。西洋近代文化の摂取にとって、明治以後八十年の歳月は決して短かすぎたとは言えない。にもかかわらず、近代文化の伝統を確立し、自由な批判と柔軟な良識に富む文化層として自らを形成することに私たちは失敗して来た。そしてこれは、各層への文化の普及滲透を任務とする出版人の責任でもあった。

一九四五年以来、私たちは再び振出しに戻り、第一歩から踏み出すことを余儀なくされた。これは大きな不幸ではあるが、反面、これまでの混沌・未熟・歪曲の中にあった我が国の文化に秩序と確たる基礎を齎らすためには絶好の機会でもある。角川書店は、このような祖国の文化的危機にあたり、微力をも顧みず再建の礎石たるべき抱負と決意とをもって出発したが、ここに創立以来の念願を果すべく角川文庫を発刊する。これまで刊行されたあらゆる全集叢書文庫類の長所と短所とを検討し、古今東西の不朽の典籍を、良心的編集のもとに、廉価に、そして書架にふさわしい美本として、多くのひとびとに提供しようとする。しかし私たちは徒らに百科全書的な知識のジレッタントを作ることを目的とせず、あくまで祖国の文化に秩序と再建への道を示し、この文庫を角川書店の栄ある事業として、今後永久に継続発展せしめ、学芸と教養との殿堂として大成せんことを期したい。多くの読書子の愛情ある忠言と支持とによって、この希望と抱負とを完遂せしめられんことを願う。

一九四九年五月三日

角川文庫ベストセラー

ゆめこ縮緬　皆川博子

愛する男を慕って、女の黒髪が蠢きだす「文月の使者」、挿絵画家と若い人妻の戯れを濃密に映し出す「青火童女」、蛇屋に里子に出された少女の記憶を描く表題作等、密やかに紡がれる8編。幻の名作、決定版。

きっと、夢にみる
競作集〈怪談実話系〉　中島京子、辻村深月、朱野帰子、小中千昭、皆川博子 他　編／幽編集部　監修／東 雅夫

幼い息子が口にする「だまだまマーク」という言葉に隠された秘密、夢の中の音に追いつめられてゆく恐怖……ふとした瞬間に歪む風景と不穏な軋みを端正な筆致で紡ぐ。10名の人気作家による怪談競作集。

壁抜け男の謎　有栖川有栖

犯人当て小説から近未来小説、敬愛する作家へのオマージュから本格パズラー、そして官能的な物語まで。有栖川有栖の魅力を余すところなく満載した傑作短編集。

赤い月、廃駅の上に　有栖川有栖

廃線跡、捨てられた駅舎。赤い月の夜、異形のモノたちが動き出す――。鉄道は、私たちを目的地に運ぶだけでなく、異界を垣間見せ、連れ去っていく。震えるほど恐ろしく、時にじんわり心に沁みる著者初の怪談集！

幻坂　有栖川有栖

坂の傍らに咲く山茶花の花に、死んだ幼なじみを偲ぶ「清水坂」。自らの嫉妬のために、恋人を死に追いやってしまった男の苦悩が哀切な「愛染坂」。大坂で頓死した芭蕉の最期を描く「枯野」など抒情豊かな9篇。